小説

人間失格

太宰治

挿画・森凜

文響社

はしがき

私は、その男の写真を三葉、見たことがある。

一葉は、その男の、幼年時代、とでも言うべきであろうか、十歳《さい》前後かと推定される頃《ころ》の写真であって、その子供が大勢の女のひとに取りかこまれ、（それは、その子供の姉たち、妹たち、それから、従姉妹《いとこ》たちかと想像される）庭園の池のほとりに、荒い縞《しま》の袴《はかま》をはいて立ち、首を三十度ほど左に傾《かたむ》け、醜《みにく》く笑っている写真である。醜く？　けれども、鈍《にぶ》い人たち（つまり、美醜《びしゅう》［＊1］などに関心を持たぬ人たち）は、面白《おもしろ》くも何とも無いような顔をして、

「可愛《かわい》い坊《ぼっ》ちゃんですね。」

といい加減なお世辞を言っても、まんざら空《から》お世辞に聞えないくらいの、謂《い》わば通俗《つうぞく》［＊2］の「可愛らしさ」みたいな影《かげ》もその子供の笑顔に無いわけではないのだが、しかし、

＊1美醜　美しいことと醜いこと。

いささかでも、美醜についての訓練を経て来たひとなら、ひとめ見てすぐ、

「なんて、いやな子供だ。」

とすこぶる不快そうに呟《つぶや》き、毛虫でも払《はら》いのける時のような手つきで、その写真をほうり投げるかも知れない。

まったく、その子供の笑顔は、よく見れば見るほど、何とも知れず、イヤな薄気味《うすきみ》悪いものが感ぜられて来る。どだい、それは、笑顔でない。この子は、少しも笑ってはいないのだ。その証拠《しょうこ》には、この子は、両方のこぶしを固く握《にぎ》って立っている。人間は、こぶしを固く握りながら笑えるものでは無いのである。猿《さる》だ。猿の笑顔だ。ただ、顔に醜い皺《しわ》を寄せているだけなのである。「皺くちゃ坊ちゃん」とでも言いたくなるくらいの、まことに奇妙《きみょう》な、そうして、どこかけがらわしく、へんにひとをムカムカさせる表情の写真であった。私はこれまで、こんな不思議な表情の子供を見た事が、いちども無かった。

第二葉の写真の顔は、これはまた、びっくりするくらいひどく変貌《へんぼう》［＊3］していた。学生の姿である。高等学校時代の写真か、大学時代の写真か、はっきりしないけれども、とにかく、おそろしく美貌《びぼう》の学生である。しかし、これもまた、不思議にも、生きている人

間の感じはしなかった。学生服を着て、胸のポケットから白いハンケチを覗《のぞ》かせ、籐椅子《とういす》に腰《こし》かけて足を組み、そうして、やはり、笑っている。こんどの笑顔は、皺くちゃの猿の笑いでなく、かなり巧《たく》みな微笑《びしょう》になってはいるが、しかし、人間の笑いと、どこやら違《ちが》う。血の重さ、とでも言おうか、生命《いのち》の渋《しぶ》さ、とでも言おうか、そのような充実感は少しも無く、それこそ、鳥のようではなく、羽毛《うもう》のように軽く、ただ白紙一枚、そうして、笑っている。つまり、一から十まで造り物の感じなのである。キザと言っても足りない。軽薄《けいはく》［＊4］と言っても足りない。ニヤケと言っても足りない。おしゃれと言っても、もちろん足りない。しかも、よく見ていると、やはりこの美貌の学生にも、どこか怪談《かいだん》じみた気味悪いものが感ぜられて来るのである。私はこれまで、こんな不思議な美貌の青年を見た事が、いちども無かった。

＊2通俗　一般大衆にわかりやすく受け入れやすいこと。
＊3変貌　姿や様子がすっかり変わること。
＊4軽薄　言動に慎重さを欠いて、誠意や真実味の感じられない様。考えが浅くて信頼できない様。

もう一葉の写真は、最も奇怪《きかい》［＊5］なものである。まるでもう、としの頃がわからない。頭はいくぶん白髪のようである。それが、ひどく汚い部屋（部屋の壁《かべ》が三箇所《かしょ》ほど崩《くず》れ落ちているのが、その写真にハッキリ写っている）の片隅《かたすみ》で、小さい火鉢《ひばち》に両手をかざし、こんどは笑っていない。どんな表情も無い。謂わば、坐《すわ》って火鉢に両手をかざしながら、自然に死んでいるような、まことにいまわしい、不吉なにおいのする写真であった。奇怪なのは、それだけでない。その写真には、わりに顔が大きく写っていたので、私は、つくづくその顔の構造を調べる事が出来たのであるが、額は平凡《へいぼん》、額の皺も平凡、眉《まゆ》も平凡、眼も平凡、鼻も口も顎《あご》も、ああ、この顔には表情が無いばかりか、印象さえ無い。特徴《とくちょう》が無いのだ。たとえば、私がこの写真を見て、眼をつぶる。すでに私はこの顔を忘れている。部屋の壁や、小さい火鉢は思い出す事が出来るけれども、その部屋の主人公の顔の印象は、すっと霧消《むしょう》［＊6］して、どうしても、何としても思い出せない。画《え》にならない顔である。漫画《まんが》にも何もならない顔である。眼をひらく。あ、こんな顔だったのか、思い出した、というようなよろこびさえ無い。極端《きょくたん》な言い方をすれば、眼をひらいてその写真を再び見ても、思い出せない。そうして、ただもう不愉快《ふゆかい》、イライラして、つい眼をそむけたくなる。

いわゆる「死相［＊7］」というものにだって、もっと何か表情なり印象なりがあるものだろうに、人間のからだに駄馬《だば》［＊8］の首でもくっつけたなら、こんな感じのものになるであろうか、とにかく、どこという事なく、見る者をして、ぞっとさせ、いやな気持にさせるのだ。私はこれまで、こんな不思議な男の顔を見た事が、やはり、いちども無かった。

＊5奇怪　不思議なこと。怪しいこと。
＊6霧消　霧が晴れるようにあとかたもなく、消え失せること。
＊7死相　死に顔。死が近いことが表れる人相。
＊8駄馬　荷を運ばせる下等な馬。

私はその男の写真を
三葉《さんよう》見たことがある

第一の手記

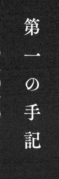

恥《はじ》の多い生涯《しょうがい》を送って来ました。

自分には、人間の生活というものが、見当つかないのです。自分は東北の田舎《いなか》に生れましたので、汽車をはじめて見たのは、よほど大きくなってからでした。自分は停車場のブリッジを、上って、降りて、そうしてそれが線路をまたぎ越《こ》えるために造られたものだという事には全然気づかず、ただそれは停車場の構内を外国の遊戯場《ゆうぎじょう》みたいに、複雑に楽しく、ハイカラにするためにのみ、設備せられてあるものだとばかり思っていました。しかも、かなり永い間そう思っていたのです。ブリッジの上ったり降りたりは、自分にはむしろ、ずいぶん垢抜《あかぬ》け［＊9］のした遊戯で、それは鉄道のサーヴィスの中でも、最も気のきいたサーヴィスの一つだと思っていたのですが、のちにそれはただ旅客が線路をまたぎ越えるためのすこぶる実利［＊10］的な階段に過ぎないのを発見して、にわかに興［＊11］が覚めました。

また、自分は子供の頃、絵本で地下鉄道というものを見て、これもやはり、実利的な必要から案出せられたものではなく、地上の車に乗るよりは、地下の車に乗ったほうが風《ふう》がわりで面白い遊びだから、とばかり思っていました。

自分は子供の頃から病弱で、よく寝込みましたが、寝ながら、敷布《しきふ》［＊12］、枕《まくら》のカヴァ、掛蒲団《かけぶとん》のカヴァを、つくづく、つまらない装飾《そうしょく》だと思い、それが案外に実用品だった事を、二十歳ちかくになってわかって、人間のつましさに暗然［＊13］とし、悲しい思いをしました。

また、自分は、空腹という事を知りませんでした。いや、それは、自分が衣食住に困らない家に育ったという意味ではなく、そんな馬鹿《ばか》な意味ではなく、自分には「空腹」という感覚はどんなものだか、さっぱりわからなかったのです。へんな言いかたですが、おなかが空《す》いていても、自分でそれに気がつかないのです。小学校、中学校、自分が学校から帰って来ると、周囲の人たちが、それ、おなかが空《す》いたろう、自分たちにも覚えがある、

＊9垢抜け　洗練されていること。
＊10実利　実際の利益や効用。
＊11興　楽しさやおもしろさ。
＊12敷布　シーツ。
＊13暗然　暗く憂いに沈む様。

学校から帰って来た時の空腹は全くひどいからな、甘納豆《あまなっとう》はどう？　カステラも、パンもあるよ、などと言って騒《さわ》ぎますので、自分は持ち前のおべっか精神を発揮して、おなかが空《す》いた、と呟《つぶや》いて、甘納豆を十粒《つぶ》ばかり口にほうり込むのですが、空腹感とは、どんなものだか、ちっともわかってはいやしなかったのです。

自分だって、それは勿論《もちろん》、大いにものを食べますが、しかし、空腹感から、ものを食べた記憶《きおく》は、ほとんどありません。めずらしいと思われたものを食べます。豪華《ごうか》と思われたものを食べます。また、よそへ行って出されたものも、無理をしてまで、たいてい食べます。そうして、子供の頃の自分にとって、最も苦痛な時刻は、実に、自分の家の食事の時間でした。

自分の田舎の家では、十人くらいの家族全部、めいめいのお膳《ぜん》を二列に向い合せに並べて、末っ子の自分は、もちろん一ばん下の座でしたが、その食事の部屋は薄暗く、昼ごはんの時など、十幾人《じゅういくにん》の家族が、ただ黙々《もくもく》としてめしを食っている有様には、自分はいつも肌寒《はださむ》い思いをしました。それに田舎の昔気質《かたぎ》の家でしたので、おかずも、たいていきまっていて、めずらしいもの、豪華なもの、そんなものは望むべくもなかったので、いよいよ自分は食事の時刻を恐怖《きょうふ》しました。自分はその薄暗い部屋の末席に、寒さにがたがた震《ふる》える思いで口にごはんを少量ずつ運び、押《お》し込《こ》み、人間は、どうして一日に三度々々ごはんを食べるのだろう、実にみな厳粛《げんしゅく》な顔をして食べている、これも一種の儀式《ぎしき》のようなもので、家族が日に三度々々、時刻をきめて薄暗い一部屋に集まり、お膳を順序正しく並べ、食べたくなくても無言でごはんを噛《か》みながら、うつむき、家中にうごめいている霊《れい》たちに祈《いの》るためのものかも知れない、とさえ考えた事があるくらいでした。

めしを食べなければ死ぬ、という言葉は、自分の耳には、ただイヤなおどかしとしか聞えませんでした。その迷信《めいしん》は、（いまでも自分には、

何だか迷信のように思われてならないのですが）しかし、いつも自分に不安と恐怖を与えました。人間は、めしを食べなければ死ぬから、そのために働いて、めしを食べなければならぬ、という言葉ほど自分にとって難解で晦渋《かいじゅう》［＊14］で、そうして脅迫《きょうはく》めいた響《ひび》きを感じさせる言葉は、無かったのです。

つまり自分には、人間の営みというものがいまだに何もわかっていない、という事になりそうです。自分の幸福の観念と、世のすべての人たちの幸福の観念とが、まるで食いちがっているような不安、自分はその不安のために夜々、輾転《てんてん》［＊15］し、呻吟《しんぎん》［＊16］し、発狂《はっきょう》しかけた事さえあります。自分は、いったい幸福なのでしょうか。自分は小さい時から、実にしばしば、仕合せ者だと人に言われて来ましたが、自分ではいつも地獄《じごく》の思いで、かえって、自分を仕合せ者だと言ったひとたちのほうが、比較《ひかく》にも何もならぬくらいずっとずっと安楽なように自分には見えるのです。

自分には、禍《わざわ》いのかたまりが十個あって、その中の一個でも、隣人《りんじん》が背負《せお》ったら、その一個だけでも充分《じゅうぶん》に隣人の生命《いのち》取りになるのではあるまいかと、思った事さえありました。

つまり、わからないのです。隣人の苦しみの性質、程度が、まるで見当つかないのです。

プラクテカルな苦しみ、ただ、めしを食えたらそれで解決できる苦しみ、しかし、それこそ最も強い痛苦で、自分の例の十個の禍いなど、吹っ飛んでしまうほどの、凄惨《せいさん》［＊17］な阿鼻《あび》地獄［＊18］なのかも知れない、それは、わからない、しかし、それにしては、よく自殺もせず、発狂もせず、政党を論じ、絶望せず、屈《くっ》せず生活のたたかいを続けて行ける、苦しくないんじゃないか？　エゴイストになりきって、しかもそれを当然の事と確信し、いちども自分を疑った事が無いんじゃないか？　それなら、楽だ、しかし、人間というものは、皆《みな》そんなもので、またそれで満点なのではないかしら、わからない、……夜はぐっすり眠《ねむ》り、朝は爽快《そうかい》なのかしら、どんな夢を見ているのだろう、道を歩きながら何を考えているのだろう、金？　まさか、それだけでも無いだろう、人間は、めしを食うために生

＊14晦渋　文や言葉が難しくてわかりにくいこと。
＊15輾転　寝返りをうつこと。
＊16呻吟　うめき苦しむこと。
＊17凄惨　むごたらしく、目も当てられない様。
＊18阿鼻地獄　無間地獄のこと。最下位の地獄を指す。

きているのだ、という説は聞いた事があるような気がするけれども、金のために生きている、という言葉は、耳にした事が無い、いや、しかし、ことによると、……いや、それもわからない、……考えれば考えるほど、自分には、わからなくなり、自分ひとり全く変っているような、不安と恐怖に襲《おそ》われるばかりなのです。自分は隣人と、ほとんど会話が出来ません。何を、どう言ったらいいのか、わからないのです。

そこで考え出したのは、道化《どうけ》［*19］でした。

それは、自分の、人間に対する最後の求愛でした。自分は、人間を極度に恐《おそ》れていながら、それでいて、人間を、どうしても思い切れなかったらしいのです。そうして自分は、この道化の一線でわずかに人間につながる事が出来たのでした。おもてでは、絶えず笑顔をつくりながらも、内心は必死の、それこそ千番に一番の兼《か》ね合いとでもいうべき危機一《いっ》髪《ぱつ》の、油汗《あぶらあせ》流してのサーヴィスでした。

自分は子供の頃から、自分の家族の者たちに対してさえ、彼らがどんなに苦しく、またどんな事を考えて生きているのか、まるでちっとも見当つかず、ただおそろしく、その気まずさに堪《た》える事が出来ず、すでに道化の上手になっていました。つまり、自分は、いつのまにやら、一言《ひとこと》も本当の事を言わない子になっていたのです。

その頃の、家族たちと一緒《いっしょ》にうつした写真などを見ると、他の者たちは皆まじめな顔をしているのに、自分ひとり、必ず奇妙《きみょう》に顔をゆがめて笑っているのです。これもまた、自分の幼く悲しい道化の一種でした。

また自分は、肉親たちに何か言われて、口応《くちごた》えした事はいちども有りませんでした。そのわずかなおこごとは、自分には霹靂《へきれき》［＊20］の如《ごと》く強く感ぜられ、狂《くる》うみたいになり、口応えどころか、そのおこごとこそ、謂《い》わば万世一系《ばんせいいっけい》［＊21］の人間の「真理」とかいうものに違《ちが》いない、自分にはその真理を行う力が無いのだから、もはや人間と一緒に住めないのではないかしら、と思い込んでしまうのでした。だから自分には、言い争いも自己弁解も出来ないのでした。人から悪く言われると、いかにも、もっとも、自分がひどい思い違い

＊19道化　おかしな動作や言葉。また、それをする人。
＊20霹靂　雷。雷が鳴ること。
＊21万世一系　一つの系統が永遠に続くこと。多くは、王や皇帝の継続についていう。

をしているような気がして来て、いつもその攻撃《こうげき》を黙して受け、内心、狂うほどの恐怖を感じました。

それは誰《だれ》でも、人から非難せられたり、怒《おこ》られたりしていい気持がするものでは無いかも知れませんが、自分は怒っている人間の顔に、獅子《しし》よりも鰐《わに》よりも竜《りゅう》よりも、もっとおそろしい動物の本性《ほんしょう》を見るのです。ふだんは、その本性をかくしているようですけれども、何かの機会に、たとえば、牛が草原でおっとりした形で寝《ね》ていて、突如《とつじょ》、尻尾《しっぽ》でピシッと腹の虻《あぶ》を打ち殺すみたいに、不意に人間のおそろしい正体を、怒《いか》りによって暴露《ばくろ》する様子を見て、自分はいつも髪《かみ》の逆立つほどの戦慄《せんりつ》［＊22］を覚え、この本性もまた人間の生きて行く資格の一つなのかも知れないと思えば、ほとんど自分に絶望を感じるのでした。

人間に対して、いつも恐怖に震《ふる》いおののき、また、人間としての自分の言動に、みじんも自信を持てず、そうして自分ひとりの懊悩《おうのう》［＊23］は胸の中の小箱に秘め、その憂鬱《ゆううつ》［＊24］、ナアヴァスネスを、ひたかくしに隠《かく》して、ひたすら無邪気《むじゃき》の楽天性を装《よそお》い、自分はお道化《どけ》たお変人として、次第《しだい》に完成されて行きました。

何でもいいから、笑わせておればいいのだ、そうすると、人間たちは、自分が彼らのいわゆる「生活」の外にいても、あまりそれを気にしないのではないかしら、とにかく、彼ら人間たちの目障《めざわ》りになってはいけない、自分は無だ、風だ、空《そら》だ、というような思いばかりが募《つの》り、自分はお道化によって家族を笑わせ、また、家族よりも、もっと不可解でおそろしい下男や下女にまで、必死のお道化のサーヴィスをしたのです。

自分は夏に、浴衣《ゆかた》の下に赤い毛糸のセエターを着て廊下《ろうか》を歩き、家中の者を笑わせました。めったに笑わない長兄《ちょうけい》も、それを見て噴《ふ》き出し、

「それあ、葉《よう》ちゃん、似合わない。」

と、可愛くてたまらないような口調で言いました。なに、自分だって、真夏に毛糸のセエターを着て歩くほど、いくら何でも、そんな、暑さ寒さを知らぬお変人ではありません。姉の脚絆《レギンス》を両腕《りょううで》にはめて、浴衣の袖口《そでぐち》から覗《のぞ》かせ、もってセエターを着ているように見

＊22戦慄　恐怖に震えること。
＊23懊悩　悩み苦しむこと。
＊24憂鬱　気持ちの晴れない様。

せかけていたのです。

自分の父は、東京に用事の多いひとでしたので、上野の桜木町に別荘《べっそう》を持っていて、月の大半は東京のその別荘で暮していました。そうして帰る時には家族の者たち、また親戚《しんせき》の者たちにまで、実におびただしくお土産《みやげ》を買って来るのが、まあ、父の趣味《しゅみ》みたいなものでした。いつかの父の上京の前夜、父は子供たちを客間に集め、こんど帰る時には、どんなお土産がいいか、一人々々に笑いながら尋《たず》ね、それに対する子供たちの答をいちいち手帖《てちょう》に書きとめるのでした。父が、こんなに子供たちと親しくするのは、めずらしい事でした。

「葉蔵《ようぞう》は？」

と聞かれて、自分は、口ごもってしまいました。

何が欲しいと聞かれると、とたんに、何も欲しくなくなるのでした。どうでもいい、ど

うせ自分を楽しくさせてくれるものなんか無いんだという思いが、ちらと動くのです。と、同時に、人から与《あた》えられるものを、どんなに自分の好みに合わなくても、それを拒《こば》む事も出来ませんでした。イヤな事を、イヤと言えず、また、好きな事も、おずおずと盗《ぬす》むように、極《きわ》めてにがく味《あじわ》い、そうして言い知れぬ恐怖感にもだえるのでした。つまり、自分には、二者選一《せんいつ》［＊25］の力さえ無かったのです。これが、後年に到《いた》り、いよいよ自分のいわゆる「恥の多い生涯」の、重大な原因ともなる性癖《せいへき》の一つだったように思われます。

自分が黙《だま》って、もじもじしているので、父はちょっと不機嫌《ふきげん》な顔になり、

「やはり、本か。浅草《あさくさ》の仲店にお正月の獅子舞《ししまい》いのお獅子、子供がかぶって遊ぶのには手頃な大きさのが売っていたけど、欲しくないか。」

欲しくないか、と言われると、もうダメなんです。お道化た返事も何も出来やしないんです。お道化役者は、完全に落第でした。

「本が、いいでしょう。」

＊25 二者選一　二者択一。二つのどちらかを選ぶこと。

長兄は、まじめな顔をして言いました。

「そうか。」

父は、興覚《きょうざ》め顔に手帖に書きとめもせず、パチと手帖を閉じました。

何という失敗、自分は父を怒らせた、父の復讐《ふくしゅう》は、きっと、おそるべきものに違いない、いまのうちに何とかして取りかえしのつかぬものか、とその夜、蒲団の中でがたがた震えながら考え、そっと起きて客間に行き、父が先刻、手帖をしまい込んだ筈《はず》の机の引き出しをあけて、手帖を取り上げ、パラパラめくって、お土産の注文記入の個所を見つけ、手帖の鉛筆《えんぴつ》をなめて、シシマイ、と書いて寝ました。自分はその獅子舞いのお獅子を、ちっとも欲しくは無かったのです。かえって、本のほうがいいくらいでした。けれども、自分は、父がそのお獅子を自分に買って与えたいのだという事に気がつき、父のその意向に迎合《げいごう》［＊26］して、父の機嫌を直したいばかりに、深夜、客間に忍《しの》び込むという冒険《ぼうけん》を、敢《あ》えておかしたのでした。

そうして、この自分の非常の手段は、果して思いどおりの大成功をもって報《むく》いられました。やがて、父は東京から帰って来て、母に大声で言っているのを、自分は子供部屋で聞いていました。

「仲店のおもちゃ屋で、この手帖を開いてみたら、これ、ここに、シシマイ、と書いてある。これは、私の字ではない。はてな？　と首をかしげて、思い当りました。これは、葉蔵のいたずらですよ。あいつは、私が聞いた時には、にやにやして黙っていたが、あとで、どうしてもお獅子が欲しくてたまらなくなったんだね。何せ、どうも、あれは、変った坊《ぼう》主《ず》ですからね、知らん振りして、ちゃんと書いている。そんなに欲しかったのなら、そう言えばよいのに。私は、おもちゃ屋の店先で笑いましたよ。葉蔵を早くここへ呼びなさい。」

また一方、自分は、下男や下女たちを洋室に集めて、下男のひとりに滅茶苦茶《めちゃくちゃ》にピアノのキイをたたかせ、（田舎ではありましたが、その家には、たいていのものが、そろって

＊26迎合　相手に合わせて自分の意見や態度を変えること。

いました）自分はその出鱈目《でたらめ》［＊27］の曲に合せて、インデヤンの踊《おど》りを踊って見せて、皆を大笑いさせました。次兄は、フラッシュを焚《た》いて、自分のインデヤン踊りを撮影《さつえい》して、その写真が出来たのを見ると、自分の腰布（それは更《さら》紗《さ》の風呂敷《ふろしき》でした）の合せ目から、小さいおチンポが見えていたので、これがまた家中の大笑いでした。自分にとって、これまた意外の成功というべきものだったかも知れません。

　自分は毎月、新刊の少年雑誌を十冊以上も、とっていて、またその他《ほか》にも、さまざまの本を東京から取り寄せて黙って読んでいましたので、メチャラクチャラ博士《はかせ》だの、また、ナンジャモンジャ博士などとは、たいへんな馴染《なじみ》で、また、怪談《かいだん》、講談、落語、江戸小咄《こばなし》［＊28］などの類にも、かなり通じていましたから、剽軽《ひょうきん》［＊29］な事をまじめな顔をして

そして騙されたことに
気づいた時の人間の怒り 復讐は
一体まあどんなでしょうか

言って、家の者たちを笑わせるのには事を欠きませんでした。

しかし、嗚呼《ああ》、学校！

自分は、そこでは、尊敬されかけていたのです。尊敬されるという観念もまた、甚《はなは》だ自分を、おびえさせました。ほとんど完全に近く人をだまして、そうして、あるひとりの全《ぜん》智全能《ちぜんのう》の者に見破られ、木っ葉みじんにやられて、死ぬる以上の赤恥をかかせられる、それが、「尊敬される」という状態の自分の定義でありました。人間をだまして、「尊敬される」ても、誰かひとりが知っている、そうして、人間たちも、やがて、そのひとりから教えられて、だまされた事に気づいた時、その時の人間たちの怒り、復讐は、いったい、まあ、どんなでしょうか。想像してさえ、身の毛がよだつ心地がするのです。

自分は、金持ちの家に生れたという事よりも、俗《ぞく》にいう「できる」事によって、学校中

＊27出鱈目　いい加減な様。
＊28小咄　おもしろく気の利いた短い話。
＊29剽軽　おどけること。滑稽な様。

の尊敬を得そうになりました。自分は、子供の頃から病弱で、よく一つき二つき、また一学年ちかくも寝込んで学校を休んだ事さえあったのですが、それでも、病《や》み上りのからだで人力車に乗って学校へ行き、学年末の試験を受けてみると、クラスの誰よりもいわゆる「できて」いるようでした。からだ具合いのよい時でも、自分は、さっぱり勉強せず、学校へ行っても授業時間に漫画《まんが》などを書き、休憩《きゅうけい》時間にはそれをクラスの者たちに説明して聞かせて、笑わせてやりました。また、綴《つづ》り方［＊30］には、滑稽噺《こっけいばなし》ばかり書き、先生から注意されても、しかし、自分は、やめませんでした。先生は、実はこっそり自分のその滑稽噺を楽しみにしている事を自分は、知っていたからでした。ある日、自分は、れいによって、自分が母に連れられて上京の途中《とちゅう》の汽車で、おしっこを客車の通路にある痰壺《たんつぼ》［＊31］にしてしまった失敗談（しかし、その上京の時に、自分は痰壺と知らずにしたのではありませんでした。子供の無邪気をてらって、わざと、そうしたのでした）を、ことさらに悲しそうな筆致《ひっち》［＊32］で書いて提出し、先生は、きっと笑うという自信がありましたので、職員室に引き揚《あ》げて行く先生のあとを、そっとつけて行きましたら、先生は、教室を出るとすぐ、自分のその綴り方を、他のクラスの者たちの綴り方の中から選び出し、廊下を歩きながら読みはじめて、クスクス笑い、やがて職員室にはいって読み終えたのか、顔を真赤にして大声を挙げて笑い、他の先生に、さっそくそれを読ませているのを見とどけ、自分は、たいへん満足でした。

お茶目。

自分は、いわゆるお茶目に見られる事に成功しました。尊敬される事から、のがれる事に成功しました。通信簿《つうしんぼ》は全学科とも十点でしたが、操行《そうこう》［＊33］というものだけ

＊30綴り方　作文。
＊31痰壷　痰を吐き入れる壺。
＊32筆致　文章の書きっぷり。文章の趣。
＊33操行　平生の行動、品行、行状。

は、七点だったり、六点だったりして、それもまた家中の大笑いの種でした。

けれども自分の本性は、そんなお茶目さんなどとは、凡《およ》そ対蹠的《たいせき》［＊34］なものでした。その頃、すでに自分は、女中や下男から、哀《かな》しい事を教えられ、犯《おか》されていました。幼少の者に対して、そのような事を行うのは、人間の行い得る犯罪の中で最も醜悪で下等で、残酷《ざんこく》な犯罪だと、自分はいまでは思っています。しかし、自分は、忍びました。これでまた一つ、人間の特質を見たというような気持さえして、そうして、力無く笑っていました。もし自分に、本当の事を言う習慣がついていたなら、悪びれず、彼らの犯罪を父や母に訴《うった》える事が出来たのかも知れませんが、しかし、自分は、その父や母をも全部は理解する事が出来なかったのです。人間に訴える、自分は、その手段には少しも期待できませんでした。父に訴えても、母に訴えても、お巡《まわ》りに訴えても、政府に訴えても、結局は世渡《よわた》りに強い人の、世間に通りのいい言いぶんに言いまくられるだけの事では無いかしら。

必ず片手落ちのあるのが、わかり切っている、所詮《しょせん》［＊35］、人間に訴えるのは無駄である、自分はやはり、本当の事は何も言わず、忍んで、そうしてお道化をつづけているより他、無い気持なのでした。

なんだ、人間への不信を言っているのか？　へえ？　お前はいつクリスチャンになったんだい、と嘲笑《ちょうしょう》［＊36］する人もあるいはあるかも知れませんが、しかし、人間への不信は、必ずしもすぐに宗教の道に通じているとは限らないと、自分には思われるのですけど。現にその嘲笑する人をも含《ふく》めて、人間は、お互いの不信の中で、エホバも何も念頭に置かず、平気で生きているではありませんか。やはり、自分の幼少の頃の事でありましたが、父の属していたある政党の有名人が、この町に演説に来て、自分は下男たちに連れられて劇場に聞きに行きました。満員で、そうして、この町の特に父と親しくしている人たちの顔は皆、見えて、大いに拍手《はくしゅ》などしていました。演説がすんで、聴衆《ちょうしゅう》は雪の夜道を三々五々［＊37］かたまって家路に就《つ》き、クソミソに今夜の演説会の悪口を言っているのでした。中

＊34対蹠的　全く反対であること。
＊35所詮　結局。
＊36嘲笑　あざ笑うこと。見下した笑い。
＊37三々五々　3人、5人と人がまとまりになって、いたり歩いたりする様子。

には、父と特に親しい人の声もまじっていました。父の開会の辞も下手《へた》、れいの有名人の演説も何が何やら、わけがわからぬ、とそのいわゆる父の「同志たち」が怒声《どせい》［*38］に似た口調で言っているのです。そうしてそのひとたちは、自分の家に立ち寄って客間に上り込み、今夜の演説会は大成功だったと、しんから嬉《うれ》しそうな顔をして父に言っていました。下男たちまで、今夜の演説会はどうだったと母に聞かれ、とても面白かった、と言ってけろりとしているのです。演説会ほど面白くないものはない、と帰る途々《みちみち》、下男たちが嘆《なげ》き合っていたのです。

しかし、こんなのは、ほんのささやかな一例に過ぎません。互いにあざむき合って、しかもいずれも不思議に何の傷もつかず、あざむき合っている事にさえ気がついていないみたいな、実にあざやかな、それこそ清く明るくほがらかな不信の例が、人間の生活に充満しているように思われます。けれども、自分には、あざむき合っているという事には、さして特別の興味もありません。自分だって、お道化によって、朝から晩まで人間をあざむいているのです。自分は、修身教科書的な正義とか何とかいう道徳には、あまり関心を持てないのです。自分には、あざむき合っていながら、清く明るく朗らかに生きている、あるいは生き得る自信を持っているみたいな人間が難解なのです。人間は、ついに自分にその妙諦《みょうてい》［＊39］を教えてはくれませんでした。それさえわかったら、自分は、人間をこんなに恐怖し、また、必死のサーヴィスなどしなくて、すんだのでしょう。人間の生活と対立してしまって、夜々の地獄のこれほどの苦しみを嘗《な》めずにすんだのでしょう。つまり、自分が下男下女たちの憎《にく》むべきあの犯罪をさえ、誰にも訴えなかったのは、人間への不信からではなく、また勿論《もちろん》クリスト主義のためでもなく、人間が、葉蔵という自分に対して信用の殻《から》を固く閉じていたからだったと思います。父母でさえ、自分にとって難解なものを、時折、見せる事があったのですから。

そうして、その、誰にも訴えない、自分の孤独《こどく》の匂《にお》いが、多くの女性に、本能によって嗅《か》ぎ当てられ、後年さまざま、自分がつけ込まれる誘因《ゆういん》［＊40］の一つになったような気も

＊38怒声　怒りの声。
＊39妙諦　すぐれた真理。
＊40誘引　引き起こす原因。

するのです。
つまり、自分は、女性にとって、恋の秘密を守れる男であったというわけなのでした。

第二の手記

海の、波打際《なみうちぎわ》、といってもいいくらいに海にちかい岸辺に、真黒い樹肌《きはだ》の山桜の、かなり大きいのが二十本以上も立ちならび、新学年がはじまると、山桜は、褐色《かっしょく》のねばっこいような嫩葉《わかば》と共に、青い海を背景にして、その絢爛《けんらん》［＊41］たる花をひらき、やがて、花吹雪《ふぶき》の時には、花びらがおびただしく海に散り込み、海面を鏤《ちりば》め［＊42］て漂《ただよ》い、波に乗せられ再び波打際に打ちかえされる。その桜の砂浜が、そのまま校庭として使用せられている東北のある中学校に、自分は受験勉強もろくにしなかったのに、どうやら無事に入学できました。そうして、その中学の制帽《せいぼう》の徽章《きしょう》にも、制服のボタンにも、桜の花が図案化せられて咲いていました。

その中学校のすぐ近くに、自分の家と遠い親戚《しんせき》に当る者の家がありましたので、その理由もあって、父がその海と桜の中学校を自分に選んでくれたのでした。自分は、その家にあずけられ、何せ学校のすぐ近くなので、朝礼の鐘《かね》の鳴るのを聞いてから、走って登校するというような、かなり怠惰《たいだ》［＊43］な中学生でしたが、それでも、れいのお道化によって、日一日とクラスの人気を得ていました。

生れてはじめて、謂《い》わば他郷［＊44］へ出たわけなのですが、自分には、その他郷のほうが、自分の生れ故郷よりも、ずっと気楽な場所のように思われました。それは、自分のお道化もその頃にはいよいよぴったり身について来て、人をあざむくのに以前ほどの苦労を必要としなくなっていたからである、と解説してもいいでしょうが、しかし、それよりも、肉親と他人、故郷と他郷、そこには抜くべからざる演技の難易［＊45］の差が、どのような天才にとっても、たとい神の子のイエスにとっても、存在しているものなのではないでしょうか。俳優にとって、最も演じにくい場所は、故郷の劇場であって、しかも六親眷属《ろくしんけんぞく》［＊46］全部そろって坐《すわ》っている一部屋の中に在っては、いかな名優も演技どころでは無くなるのではないでしょうか。けれども自分は演じて来ました。しかも、それが、かなりの

＊41絢爛　華やかで美しい様。
＊42鏤め　散らしてはめ込むこと。
＊43怠惰　怠けてだらしない様。
＊44他郷　故郷以外の土地。
＊45難易　難しいこと、やさしいこと。
＊46六親眷属　全ての血族と婚姻によってつながる人々。

成功を収めたのです。それほどの曲者《くせもの》［＊47］が、他郷に出て、万が一にも演じ損《そこ》ねるなどという事は無いわけでした。

自分の人間恐怖は、それは以前にまさるとも劣《おと》らぬくらい烈《はげ》しく胸の底で蠕動《ぜんどう》［＊48］していましたが、しかし、演技は実にのびのびとして来て、教室にあっては、いつもクラスの者たちを笑わせ、教師も、このクラスは大庭《おおば》さえいないと、とてもいいクラスなんだが、と言葉では嘆じながら、手で口を覆《おお》って笑っていました。自分は、あの雷《かみなり》の如《ごと》き蛮声《ばんせい》［＊49］を張り上げる配属将校をさえ、実に容易に噴き出させる事が出来たのです。

もはや、自分の正体を完全に隠蔽《いんぺい》［＊50］し得たのではあるまいか、とほっとしかけた矢先に、自分は実に意外にも背後から突《つ》き刺《さ》されました。それは、背後から突き刺す男のごたぶんにもれず、クラスで最も貧弱《ひんじゃく》な肉体をして、顔も青ぶくれで、そうしてたしかに父兄《ふけい》のお古と思われる袖《そで》が聖徳太子《しょうとくたいし》の袖みたいに長すぎる上衣《うわぎ》を着て、学課は少しも出来ず、教練や体操はいつも見学という白痴《はくち》［＊51］に似た生徒でした。自分もさすがに、その生徒にさえ警戒《けいかい》する必要は認めていなかったのでした。

その日、体操の時間に、その生徒（姓《せい》はいま記憶していませんが、名は竹一《たけいち》といったかと覚えています）その竹一は、れいによって見学、自分たちは鉄棒の練習をさせられていました。自分は、わざと出来るだけ厳粛《げんしゅく》な顔をして、鉄棒めがけて、えいっと叫《さけ》んで飛び、

＊47曲者　一筋縄ではいかない並ではない者。
＊48蠕動　うごめくこと。
＊49蛮声　野蛮で下品な声。
＊50隠蔽　覆い隠すこと。
＊51白痴　精神遅滞した者。

そのまま幅飛《はばと》びのように前方へ飛んでしまって、砂地にドスンと尻餅《しりもち》をつきました。すべて、計画的な失敗でした。果して皆の大笑いになり、自分も苦笑しながら起き上ってズボンの砂を払っていると、いつそこへ来ていたのか、竹一が自分の背中をつつき、低い声でこう囁《ささや》きました。

「ワザ。ワザ。」

自分は震撼《しんかん》しました。ワザと失敗したという事を、人もあろうに、竹一に見破られるとは全く思いも掛《か》けない事でした。自分は、世界が一《いっ》瞬《しゅん》にして地獄の業火《ごうか》［＊52］に包まれ

て燃え上るのを眼前に見るような心地がして、わあっ！　と叫んで発狂しそうな気配を必死の力で抑《おさ》えました。

それからの日々の、自分の不安と恐怖。

表面は相変らず哀《かな》しいお道化を演じて皆を笑わせていましたが、ふっと思わず重苦しい溜息《ためいき》が出て、何をしたってすべて竹一に木っ葉みじんに見破られていて、そうしてあれは、そのうちにきっと誰かれとなく、それを言いふらして歩くに違いないのだ、と考えると、額にじっとり油汗がわいて来て、狂人みたいに妙な眼つきで、あたりをキョロキョロむなしく見廻《みまわ》したりしました。できる事なら、朝、昼、晩、四六時中《しろくじちゅう》［＊53］、竹一の傍《そば》から離《はな》れず彼が秘密を口走らないように監視《かんし》していたい気持でした。そうして、自分が、彼にまつわりついている間に、自分のお道化は、いわゆる「ワザ」では無くて、ほんものであったというよう思い込ませるようにあらゆる努力を払い、あわよくば、彼と無二［＊54］の親

＊52業火　地獄で罪人を焼く火。
＊53四六時中　一日中。

友になってしまいたいものだ、もし、その事が皆、不可能なら、もはや、彼の死を祈るより他は無い、とさえ思いつめました。しかし、さすがに、彼を殺そうという気だけは起りませんでした。自分は、これまでの生涯において、人に殺されたいと願望した事は幾度となくありましたが、人を殺したいと思った事は、いちどもありませんでした。それは、おそるべき相手に、かえって幸福を与えるだけの事だと考えていたからです。

自分は、彼を手なずけるため、まず、顔に偽《にせ》クリスチャンのような「優《やさ》しい」媚笑《びしょう》を湛《たた》え、首を三十度くらい左に曲げて、彼の小さい肩《かた》を軽く抱き、そうして猫撫《ねこな》で声［＊55］に似た甘ったるい声で、彼を自分の寄宿している家に遊びに来るようしばしば誘《さそ》いましたが、彼は、いつも、ぼんやりした眼つきをして、黙っていました。しかし、自分は、ある日の放課後、たしか初夏の頃の事でした、夕立ちが白く降って、生徒たちは帰宅に困っていたようでしたが、自分は家がすぐ近くなので平気で外へ飛び出そうとして、ふと下駄箱《げたばこ》のかげに、竹一がしょんぼり立っているのを見つけ、行こう、傘《かさ》を貸してあげる、と言い、臆《おく》する竹一の手を引っぱって、一緒に夕立ちの中を走り、家に着いて、二人の上衣を小母《おば》さんに乾《かわ》かしてもらうようにたのみ、竹一を二階の自分の部屋に誘い込むのに成功しました。

その家には、五十すぎの小母さんと、三十くらいの、眼鏡《めがね》をかけて、病身らしい背の高い姉娘（この娘は、いちどよそへお嫁に行って、それからまた、家へ帰っているひとでした。自分は、このひとを、ここの家のひとたちにならって、アネサと呼んでいました）それと、最近女学校を卒業したばかりらしい、セッちゃんという姉に似ず背が低く丸顔の妹娘と、三人だけの家族で、下の店には、文房具《ぶんぼうぐ》やら運動用具を少々並べていましたが、主な収入は、なくなった主人が建てて残して行った五六棟《むね》の長屋の家賃のようでした。

「耳が痛い。」

竹一は、立ったままでそう言いました。

「雨に濡《ぬ》れたら、痛くなったよ。」

自分が、見てみると、両方の耳が、ひどい耳だれでした。膿《うみ》が、いまにも耳殻《じかく》［＊56］の

＊54無二　二つとないこと。かけがえのないもの。
＊55猫撫で声　猫を撫でる時のような優しく甘ったるい声。

外に流れ出ようとしていました。

「これは、いけない。痛いだろう。」

と自分は大袈裟《おおげさ》におどろいて見せて、

「雨の中を、引っぱり出したりして、ごめんね。」

と女の言葉みたいな言葉を遣《つか》って「優しく」謝《あやま》り、それから、下へ行って綿とアルコールをもらって来て、竹一を自分の膝《ひざ》を枕《まくら》にして寝かせ、念入りに耳の掃除《そうじ》をしてやりました。竹一も、さすがに、これが偽善《ぎぜん》［＊57］の悪計《あっけい》［＊58］で

お前は きっと
女に 惚れられるよ
それはのちに実現される 悪魔の予言でした

あることには気附《きづ》かなかったようで、

「お前は、きっと、女に惚《ほ》れられるよ。」

と自分の膝枕《ひざまくら》で寝ながら、無智《むち》なお世辞を言ったくらいでした。

しかしこれは、おそらく、あの竹一も意識しなかったほどの、おそろしい悪魔《あくま》の予言のようなものだったという事を、自分は後年に到って思い知りました。惚れると言い、惚れられると言い、その言葉はひどく下品で、ふざけて、いかにも、やにさがったものの感じで、どんなにいわゆる「厳粛」の場であっても、そこへこの言葉が一言でもひょいと顔を出すと、みるみる憂鬱《ゆううつ》の伽藍《がらん》［*59］が崩壊《ほうかい》し、ただのっぺらぼうになってしまうような心地がするものですけれども、惚れられるつらさ、などという俗語でなく、愛せられる不安、とでもいう文学語を用いると、あながち憂鬱の伽藍をぶちこわす事にはならないようです

＊56耳殻　外から見える耳の部分。
＊57偽善　上部だけの善行。
＊58悪計　悪意のある計画。
＊59伽藍　大きな寺院。寺の建物。

から、奇妙なものだと思います。

竹一が、自分に耳だれの膿の始末をしてもらって、お前は惚れられるという馬鹿《ばか》なお世辞を言い、自分はその時、ただ顔を赤らめて笑って、何も答えませんでしたけれども、しかし、実は、幽《かす》か［＊60］に思い当るところもあったのでした。でも、「惚れられる」というような野卑《やひ》［＊61］な言葉によって生じるやにさがった雰囲気《ふんいき》に対して、そう言われると、思い当るところもある、などと書くのは、ほとんど落語の若旦那のせりふにさえならぬくらい、おろかしい感懐《かんかい》［＊62］を示すようなもので、まさか、自分は、そんなふざけた、やにさがった気持で、「思い当るところもあった」わけでは無いのです。

自分には、人間の女性のほうが、男性よりもさらに数倍難解でした。自分の家族は、女性のほうが男性よりも数が多く、また親戚にも、女の子がたくさんあり、またれいの「犯罪」の女中などもいまして、自分は幼い時から、女とばかり遊んで育ったといっても過言ではないと思っていますが、それは、また、しかし、実に、薄氷《はくひょう》を踏《ふ》む思いで、その女のひとたちと附き合って来たのです。ほとんど、まるで見当が、つかないのです。五里霧《ごりむ》中《ちゅう》［＊63］で、そうして時たま、虎《とら》の尾を踏む［＊64］失敗をして、ひどい痛手を負い、それがまた、男性から受ける笞《むち》とちがって、内出血みたいに極度に不快に内攻《ないこう》［＊65］して、なかなか治癒《ちゆ》し難い傷でした。

女は引き寄せて、つっ放す、あるいはまた、女は、人のいるところでは自分をさげすみ、邪慳《じやけん》にし、誰もいなくなると、ひしと抱きしめる、女は死んだように深く眠る、女は眠るために生きているのではないかしら、その他、女についてのさまざまの観察を、すでに自分は、幼年時代から得ていたのですが、同じ人類のようでありながら、男とはまた、全く異った生きもののような感じで、そうしてまた、この不可解で油断のならぬ生きものは、

＊60幽か　かろうじてわかる程度のこと。
＊61野卑　下品でいやしいこと。
＊62感懐　心に感じたこと。
＊63五里霧中　五里にも広がる深い霧の中にいるように方角や様子がわからないこと。
＊64虎の尾を踏む　非常に危険でおそろしいことのたとえ。
＊65内攻　外に表れず、内部で心や内臓をおかすこと。

奇妙に自分をかまうのでした。「惚れられる」なんていう言葉も、また「好かれる」という言葉も、自分の場合にはちっとも、ふさわしくなく、「かまわれる」とでも言ったほうが、まだしも実状の説明に適しているかも知れません。

女は、男よりも更《さら》に、道化には、くつろぐようでした。自分がお道化を演じ、男はさすがにいつまでもゲラゲラ笑ってもいませんし、それに自分も男のひとに対し、調子に乗ってあまりお道化を演じすぎると失敗するという事を知っていましたので、必ず適当のところで切り上げるように心掛けていましたが、女は適度という事を知らず、いつまでもいつまでも、自分にお道化を要求し、自分はその限りないアンコールに応じて、へとへとになるのでした。実に、よく笑うのです。いったいに、女は、男よりも快楽をよけいに頬張《ほおば》る事が出来るようです。

自分が中学時代に世話になったその家の姉娘も、妹娘も、ひまさえあれば、二階の自分の部屋にやって来て、自分はそのたびごとに飛び上らんばかりにぎょっとして、そうして、ひたすらおびえ、

「お勉強?」

「いいえ。」

と微笑して本を閉じ、

「きょうね、学校でね、コンボウという地理の先生がね、」

とするする口から流れ出るものは、心にも無い滑稽噺《こっけいばなし》でした。

「葉ちゃん、眼鏡をかけてごらん。」

ある晩、妹娘のセッちゃんが、アネサと一緒に自分の部屋へ遊びに来て、さんざん自分にお道化を演じさせた揚句《あげく》の果に、そんな事を言い出しました。

「なぜ？」

「いいから、かけてごらん。アネサの眼鏡を借りなさい。」

いつでも、こんな乱暴な命令口調で言うのでした。道化師は、素直《すなお》にアネサの眼鏡をかけました。とたんに、二人の娘は、笑いころげました。

「そっくり。ロイドに、そっくり。」

当時、ハロルド・ロイドとかいう外国の映画の喜劇役者が、日本で人気がありました。

自分は立って片手を挙げ、

「諸君、」

と言い、

「このたび、日本のファンの皆様がたに、……」

と一場の挨拶《あいさつ》を試み、さらに大笑いさせて、それから、ロイドの映画がそのまちの劇場に来るたびごとに見に行って、ひそかに彼の表情などを研究しました。

また、ある秋の夜、自分が寝ながら本を読んでいると、アネサが鳥のように素早く部屋へはいって来て、いきなり自分の掛蒲団《かけぶとん》の上に倒《たお》れて泣き、

「葉ちゃんが、あたしを助けてくれるのだわね。そうだわね。こんな家、一緒に出てしまったほうがいいのだわ。助けてね。助けて。」

などと、はげしい事を口走っては、また泣くのでした。けれども、自分には、女から、こんな態度を見せつけられるのは、これが最初ではありませんでしたので、アネサの過激な言葉にも、さして驚《おどろ》かず、かえってその陳腐《ちんぷ》［＊66］、無内容に興が覚めた心地で、そっと蒲団から脱《ぬ》け出し、机の上の柿《かき》をむいて、その一きれをアネサに手渡してやりました。

すると、アネサは、しゃくり上げながらその柿を食べ、

「何か面白い本が無い？　貸してよ。」

と言いました。

自分は漱石《そうせき》の「吾輩《わがはい》は猫である」という本を、本棚《ほんだな》から選んであげました。

「ごちそうさま。」

アネサは、恥《は》ずかしそうに笑って部屋から出て行きましたが、このアネサに限らず、いったい女は、どんな気持で生きているのかを考える事は、自分にとって、蚯蚓《みみず》の思いをさぐるよりも、ややこしく、わずらわしく、薄気味の悪いものに感ぜられていました。だが、自分は、女があんなに急に泣き出したりした場合、何か甘いものを手渡してやると、それを食べて機嫌を直すという事だけは、幼い時から、自分の経験によって知っていました。

また、妹娘のセッちゃんは、その友だちまで自分の部屋に連れて来て、自分がれいによって公平に皆を笑わせ、友だちが帰ると、セッちゃんは、必ずその友だちの悪口を言うのでした。あのひとは不良少女だから、気をつけるように、ときまって言うのでした。そん

＊66陳腐　古くさいこと。つまらないありふれた様。

なら、わざわざ連れて来なければ、よいのに、おかげで自分の部屋の来客の、ほとんど全部が女、という事になってしまいました。

しかし、それは、竹一のお世辞の「惚れられる」事の実現ではまだ決して無かったのでした。つまり、自分は、日本の東北のハロルド・ロイドに過ぎなかったのです。竹一の無智なお世辞が、いまわしい予言として、なまなまと生きて来て、不吉な形貌《けいぼう》［*67］を呈《てい》するようになったのは、更にそれから、数年経《た》った後の事でありました。

竹一は、また、自分にもう一つ、重大な贈《おく》り物をしていました。

「お化けの絵だよ。」

いつか竹一が、自分の二階へ遊びに来た時、ご持参の、一枚の原色版の口絵を得意そうに自分に見せて、そう説明しました。

おや？　と思いました。その瞬間《しゅんかん》、自分の落ち行く道が決定せられたように、後年に到って、そんな気がしてなりません。自分は、知っていました。それは、ゴッホの例の自画像に過ぎないのを知っていました。自分たちの少年の頃には、日本ではフランスのいわゆる印象派の画《え》が大流行していて、洋画鑑賞《ようがかんしょう》の第一歩を、たいていこのあたりからはじめたもので、ゴッホ、ゴーギャン、セザンヌ、ルナアルなどというひとの絵は、田舎の中学生でも、たいていその写真版を見て知っていたのでした。自分なども、ゴッホの原色版をかなりたくさん見て、タッチの面白さ、色彩《しきさい》の鮮《あざ》やかさに興趣《きょうしゅ》［＊68］を覚えてはいたのですが、しかし、お化けの絵、だとは、いちども考えた事が無かったのでした。

「では、こんなのは、どうかしら。やっぱり、お化けかしら。」

自分は本棚から、モジリアニの画集を出し、焼けた赤銅《しゃくどう》のような肌の、れいの裸婦《らふ》の像を竹一に見せました。

「すげえなあ。」

竹一は眼を丸くして感嘆《かんたん》しました。

「地獄の馬みたい。」

「やっぱり、お化けかね。」

＊67形貌　姿。顔。
＊68興趣　おもしろみ。

「おれも、こんなお化けの絵がかきたいよ。」

あまりに人間を恐怖している人たちは、かえって、もっともっと、おそろしい妖怪《ようかい》を確実にこの眼で見たいと願望するに到る心理、神経質な、ものにおびえ易《やす》い人ほど、暴風雨の更に強からん事を祈る心理、ああ、この一群の画家たちは、人間という化け物に傷《いた》めつけられ、おびやかされた揚句《あげく》の果、ついに幻影《げんえい》を信じ、白昼の自然の中に、ありありと妖怪を見たのだ、しかも彼らは、それを道化などでごまかさず、見えたままの表現に努力したのだ、竹一の言うように、敢然《かんぜん》［＊69］と「お化けの絵」をかいてしまったのだ、ここに将来の自分の、仲間がいる、と自分は、涙《なみだ》が出たほどに興奮し、

「僕も画くよ。お化けの絵を画くよ。地獄の馬を、画くよ。」

ああ そしてこの
一群の画家たちは
人間という化け物に
傷つけられ
おびやかされた
あげくの果て

と、なぜだか、ひどく声をひそめて、竹一に言ったのでした。

自分は、小学校の頃から、絵はかくのも、見るのも好きでした。けれども、自分のかいた絵は、自分の綴《つづ》り方ほどには、周囲の評判が、よくありませんでした。自分は、どだい人間の言葉を一向に信用していませんでしたので、綴り方などは、自分にとって、ただお道化のご挨拶みたいなもので、小学校、中学校、と続いて先生たちを狂喜させて来ましたが、しかし、自分では、さっぱり面白くなく、絵だけは、(漫画などは別ですけれども)その対象の表現に、幼い我流《がりゅう》ながら、多少の苦心を払っていました。学校の図画のお手本はつまらないし、先生の絵は下手《へた》くそだし、自分は、全く出鱈目《でたらめ》にさまざまの表現法を自分で工夫《くふう》して試みなければならないのでした。中学校へはいって、自分は油絵の道具も一揃《そろ》い持っていましたが、しかし、そのタッチの手本を、印象派の画風に求めても、自分の画いたものは、まるで千代紙細工のようにのっぺりして、ものになりそうもありませんでした。けれども自分は、竹一の言葉によって、自分のそれまでの絵画に対する心構えが、

＊69 敢然　思い切って行う様。

まるで間違っていた事に気が附きました。美しいと感じたものを、そのまま美しく表現しようと努力する甘さ、おろかしさ。マイスターたちは、何でも無いものを、主観によって美しく創造し、あるいは醜《みにく》いものに嘔吐《おうと》をもよおしながらも、それに対する興味を隠さず、表現のよろこびにひたっている、つまり、人の思惑《おもわく》に少しもたよっていないらしいという、画法のプリミチヴ［＊70］な虎《とら》の巻《まき》［＊71］を、竹一から、さずけられて、れいの女の来客たちには隠して、少しずつ、自画像の制作に取りかかってみました。

自分でも、ぎょっとしたほど、陰惨《いんさん》［＊72］な絵が出来上りました。しかし、これこそ胸底にひた隠しに隠している自分の正体なのだ、おもては陽気に笑い、また人を笑わせているけれども、実は、こんな陰鬱《いんうつ》［＊73］な心を自分は持っているのだ、仕方が無い、とひそかに肯定《こうてい》し、けれどもその絵は、竹一以外の人には、さすがに誰にも見せませんでした。自分のお道化の底の陰惨を見破られ、急にケチくさく警戒《けいかい》せられるのもいやでしたし、また、これを自分の正体とも気づかず、やっぱり新趣向のお道化と見なされ、大笑いの種にせられるかも知れぬという懸念《けねん》［＊74］もあり、それは何よりもつらい事でしたので、その絵はすぐに押入れの奥深くしまい込みました。

また、学校の図画の時間にも、自分はあの「お化け式手法」は秘めて、いままでどおりの美しいものを美しく画く式の凡庸《ぼんよう》〔＊75〕なタッチで画いていました。

自分は竹一にだけは、前から自分の傷み易い神経を平気で見せていましたし、こんどの自画像も安心して竹一に見せ、たいへんほめられ、さらに二枚三枚と、お化けの絵を画きつづけ、竹一からもう一つの、

「お前は、偉《えら》い絵画きになる。」

という予言を得たのでした。

惚《ほ》れられるという予言と、偉い絵画きになるという予言と、この二つの予言を馬鹿の竹

＊70プリミチヴ　素朴な。幼稚な。
＊71虎の巻　あんちょこ。参考書。
＊72陰惨　暗くむごたらしいこと。
＊73陰鬱　陰気で心が晴れない様。
＊74懸念　心配。気がかり。
＊75凡庸　平凡ですぐれない様。

一によって額に刻印せられて、やがて、自分は東京へ出て来ました。

　自分は、美術学校にはいりたかったのですが、父は、前から自分を高等学校にいれて、末は官吏《かんり》［＊76］にするつもりで、自分にもそれを言い渡してあったので、口応《くちごた》え一つ出来ないたちの自分は、ぼんやりそれに従ったのでした。四年から受けて見よ、と言われたので、

自分も桜と海の中学はもういい加減あきていましたし、五年に進級せず、四年修了のままで、東京の高等学校に受験して合格し、すぐに寮《りょう》生活にはいりましたが、その不潔と粗《そ》暴《ぼう》に辟易《へきえき》［*77］して、道化どころではなく、医師に肺浸潤《しんじゅん》［*78］の診断書《しんだんしょ》を書いてもらい、寮から出て、上野桜木町の父の別荘に移りました。自分には、団体生活というものが、どうしても出来ません。それにまた、青春の感激だとか、若人《わこうど》の誇《ほこ》りだとかいう言葉は、聞いて寒気がして来て、とても、あの、ハイスクール・スピリットとかいうものには、ついて行けなかったのです。教室も寮も、ゆがめられた性欲《せいよく》の、はきだめみたいな気さえして、自分の完璧《かんぺき》に近いお道化も、そこでは何の役にも立ちませんでした。

父は議会の無い時は、月に一週間か二週間しかその家に滞在《たいざい》していませんでしたので、父の留守の時は、かなり広いその家に、別荘番の老夫婦と自分と三人だけで、自分は、ち

＊76官吏　役人。官人。
＊77辟易　うんざりすること。
＊78肺浸潤　肺結核や肺炎などの古い呼称。

ょいちょい学校を休んで、さりとて東京見物などをする気も起らず（自分はとうとう、明治神宮《じんぐう》も、楠正成《くすのきまさしげ》の銅像も、泉岳寺《せんがくじ》の四十七士の墓も見ずに終りそうです）家で一日中、本を読んだり、絵をかいたりしていました。父が上京して来ると、自分は、毎朝そそくさと登校するのでしたが、しかし、本郷千駄木町《ほんごうせんだぎちょう》の洋画家、安田新太郎氏の画塾《がじゅく》に行き、三時間も四時間も、デッサンの練習をしている事もあったのです。高等学校の寮から脱《ぬ》けたら、学校の授業に出ても、自分はまるで聴講生《ちょうこうせい》みたいな特別の位置にいるような、それは自分のひがみかも知れなかったのですが、何とも自分自身で白々しい気持がして来て、いっそう学校へ行くのが、おっくうになったのでした。自分には、小学校、中学校、高等学校を通じて、ついに愛校心というものが理解できずに終りました、校歌などというものも、いちども覚えようとした事がありません。

自分は、やがて画塾で、ある画学生から、酒と煙草《たばこ》と淫売婦《いんばいふ》［＊79］と質屋《しちや》と左翼《さよく》思想とを知らされました。妙な取合せでしたが、しかし、それは事実でした。

その画学生は、堀木正雄《ほりきまさお》といって、東京の下町に生れ、自分より六つ年長者で、私立の美術学校を卒業して、家にアトリエが無いので、この画塾に通い、洋画の勉強をつづけているのだそうです。

「五円、貸してくれないか。」

お互いただ顔を見知っているだけで、それまで一言《ひとこと》も話し合った事が無かったのです。自分は、へどもどして五円差し出しました。

「よし、飲もう。おれが、お前におごるんだ。よかチゴじゃのう。」

自分は拒否《きょひ》し切れず、その画塾の近くの、蓬莱《ほうらい》町のカフェに引っぱって行かれたのが彼との交友のはじまりでした。

「前から、お前に眼をつけていたんだ。それそれ、そのはにかむような微笑、それが見込みのある芸術家特有の表情なんだ。お近づきのしるしに、乾杯《かんぱい》！　キヌさん、こいつは美男子だろう？　惚れちゃいけないぜ。こいつが塾へ来たおかげで、残念ながらおれは、第二番の美男子という事になった。」

堀木は、色が浅黒く端正《たんせい》［＊80］な顔をしていて、画学生には珍しく、ちゃんとした背広《せびろ》

＊79淫売婦　金品をもらって肉体を提供する女性への差別的呼称。

を着て、ネクタイの好みも地味で、そうして頭髪もポマードをつけてまん中からぺったりとわけていました。

自分は馴《な》れぬ場所でもあり、ただもうおそろしく、腕《うで》を組んだりほどいたりして、それこそ、はにかむような微笑ばかりしていましたが、ビイルを二、三杯飲んでいるうちに、妙に解放せられたような軽さを感じて来たのです。

「僕は、美術学校にはいろうと思っていたんですけど、……」

「いや、つまらん。あんなところは、つまらん。学校は、つまらん。われらの教師は、自然の中にあり！　自然に対するパアトス！」

しかし、自分は、彼の言う事に一向に敬意を感じませんでした。馬鹿《ばか》なひとだ、絵も下手にちがいない、しかし、遊ぶのには、いい相手かも知れないと考えました。つまり、自分はその時、生れてはじめて、ほんものの都会の与太者《よたもの》［＊81］を見たのでした。それは、自分と形は違っていても、やはり、この世の人間の営みから完全に遊離してしまって、戸《と》迷《まよ》いしている点においてだけは、たしかに同類なのでした。そうして、彼はそのお道化を意識せずに行い、しかも、そのお道化の悲惨《ひさん》に全く気がついていないのが、自分と本質的に異色のところでした。

ただ遊ぶだけだ、遊びの相手として附き合っているだけだ、とつねに彼を軽蔑《けいべつ》し、時には彼との交友を恥ずかしくさえ思いながら、彼と連れ立って歩いているうちに、結局、自分は、この男にさえ打ち破られました。

しかし、はじめは、この男を好人物、まれに見る好人物とばかり思い込み、さすが人間恐怖の自分も全く油断をして、東京のよい案内者が出来た、くらいに思っていました。自分は、実は、ひとりでは、電車に乗ると車掌《しゃしょう》がおそろしく、歌舞伎座《かぶきざ》へはいりたくても、あの正面玄関の緋《ひ》［＊82］の絨緞《じゅうたん》が敷《し》かれてある階段の両側に並んで立っている案内嬢《じょう》たちがおそろしく、レストランへはいると、自分の背後にひっそり立って、皿のあくのを待っている給仕《きゅうじ》のボーイがおそろしく、殊《こと》にも勘定《かんじょう》を払う時、ああ、ぎごちない自分の手つき、

＊80端正　容姿がきれいで整っている様。
＊81与太者　ならず者。役に立たない怠け者。
＊82緋　深紅色。

自分は買い物をしてお金を手渡す時には、吝嗇《りんしょく》［＊83］ゆえでなく、あまりの緊張、あまりの恥ずかしさ、あまりの不安、恐怖に、くらくら目まいして、世界が真暗になり、ほとんど半狂乱の気持になってしまって、値切るどころか、お釣《つり》を受け取るのを忘れるばかりでなく、買った品物を持ち帰るのを忘れた事さえ、しばしばあったほどなので、とても、ひとりで東京のまちを歩けず、それで仕方なく、一日一ぱい家の中で、ごろごろしていたという内情［＊84］もあったのでした。

それが、堀木に財布《さいふ》を渡して一緒に歩くと、堀木は大いに値切って、しかも遊び上手というのか、わずかなお金で最大の効果のあるような支払い振りを発揮し、また、高い円タクは敬遠［＊85］して、電車、バス、ポンポン蒸気など、それぞれ利用し分けて、最短時間で目的地へ着くという手腕《しゅわん》をも示し、淫売婦のところから朝帰る途中には、何々という料亭《りょうてい》に立ち寄って朝風呂《あさぶろ》へはいり、湯豆腐《ゆどうふ》で軽くお酒を飲むのが、安い割に、ぜいたくな気分になれるものだと実地教育をしてくれたり、その他、屋台の牛めし焼とりの安価にして滋養《じよう》［＊86］に富むものたる事を説き、酔《よ》いの早く発するのは、電気ブランの右に出るものはないと保証し、とにかくその勘定については自分に、一つも不安、恐怖を覚えさせた事がありませんでした。

さらにまた、堀木と附き合って救われるのは、堀木が聞き手の思惑《おもわく》などをてんで無視して、そのいわゆる情熱《パトス》の噴出《ふんしゅつ》するがままに、（あるいは、情熱とは、相手の立場を無視する事かも知れませんが）四六時中、くだらないおしゃべりを続け、あの、二人で歩いて疲れ、気まずい沈黙《ちんもく》におちいる危懼《きく》［＊87］が、全く無いという事でした。人に接し、あのおそろしい沈黙がその場にあらわれる事を警戒して、もともと口の重い自分が、ここを先途《せんど》［＊88］と必死のお道化を言って来たものですが、いまこの堀木の馬鹿が、意識せずに、そのお道化役をみずからすすんでやってくれているので、自分は、返事もろくにせずに、た

＊83吝嗇　けち。
＊84内情　内部の事情。知られていないいきさつ。
＊85敬遠　近寄らないこと。
＊86滋養　身体の栄養となること。
＊87危懼　あやぶみ、おそれること。
＊88先途　勝負の分かれ目。

だ聞き流し、時折、まさか、などと言って笑っておれば、いいのでした。

酒、煙草、淫売婦、それは皆、人間恐怖を、たとい一時でも、まぎらす事の出来るずいぶんよい手段である事が、やがて自分にもわかって来ました。それらの手段を求めるためには、自分の持ち物全部を売却《ばいきゃく》しても悔《く》いない気持さえ、抱くようになりました。

自分には、淫売婦というものが、人間でも、女性でもない、白痴か狂人のように見え、そのふところの中で、自分はかえって全く安心して、

彼女らにマリヤの円光を
見た夜もあったのです

ぐっすり眠る事が出来ました。みんな、哀《かな》しいくらい、実にみじんも慾《よく》というものが無いのでした。そうして、自分に、同類の親和感とでもいったようなものを覚えるのか、自分は、いつも、その淫売婦たちから、窮屈《きゅうくつ》でない程度の自然の好意を示されました。何の打算も無い好意、押し売りでは無い好意、二度と来ないかも知れぬひとへの好意、自分には、その白痴か狂人の淫売婦たちに、マリヤの円光〔*89〕を現実に見た夜もあったのです。

しかし、自分は、人間への恐怖からのがれ、幽《かす》かな一夜の休養を求めるために、そこへ行き、それこそ自分と「同類」の淫売婦たちと遊んでいるうちに、いつのまにやら無意識の、あるいまわしい雰囲気《ふんいき》を身辺にいつもただよわせるようになった様子で、これは自分にも全く思い設けなかったいわゆる「おまけの附録」でしたが、次第にその「附録」が、鮮明《せんめい》に表面に浮き上って来て、堀木にそれを指摘《してき》せられ、愕然《がくぜん》〔*90〕として、そうして、いやな気が致しました。はたから見て、俗《ぞく》な言い方をすれば、自分は、淫売婦によって女

*89円光　仏や菩薩の頭の後ろから放たれている円輪の光。
*90愕然　衝撃を受けるほど驚く様。

の修行《しゅぎょう》をして、しかも、最近めっきり腕をあげ、女の修行は、淫売婦によるのが一ばん厳《きび》しく、またそれだけに効果のあがるものだそうで、すでに自分には、あの「女達者［*91］」という匂《にお》いがつきまとい、女性は、（淫売婦に限らず）本能によってそれを嗅《か》ぎ当て寄り添《そ》って来る、そのような、卑猥《ひわい》で不名誉《ふめいよ》な雰囲気を、「おまけの附録」としてもらって、そうしてそのほうが、自分の休養などよりも、ひどく目立ってしまっているらしいのでした。

堀木はそれを半分はお世辞で言ったのでしょうが、しかし、自分にも、重苦しく思い当る事があり、たとえば、喫茶店《きっさてん》の女から稚拙《ちせつ》［*92］な手紙をもらった覚えもあるし、桜木町の家の隣《とな》りの将軍のはたちくらいの娘が、毎朝、自分の登校の時刻には、用も無さそうなのに、ご自分の家の門を薄化粧《うすげしょう》して出たりはいったりしていたし、牛肉を食いに行くと、自分が黙っていても、そこの女中が、……また、いつも買いつけの煙草屋の娘から手渡された煙草の箱の中に、……また、歌舞伎を見に行って隣りの席のひとに、……また、深夜の市電で自分が酔って眠っていて、……また、思いがけなく故郷の親戚《しんせき》の娘から、思いつめたような手紙が来て、……また、誰かわからぬ娘が、自分の留守中にお手製らしい人形を、……自分が極度に消極的なので、いずれも、それっきりの話で、ただ断片《だんぺん》、それ以上の進展は一つもありませんでしたが、何か女に夢を見させる雰囲気が、自分のどこかにつきまとっている事は、それは、のろけだの何だのというのいい加減な冗談《じょうだん》でなく、否定できないのでありました。自分は、それを堀木ごとき者に指摘せられ、屈辱《くつじょく》に似た苦《にが》さを感ずると共に、淫売婦と遊ぶ事にも、にわかに興が覚めました。

堀木は、また、その見栄坊《みえぼう》［＊93］のモダニティ［＊94］から、（堀木の場合、それ以外の理由は、自分には今もって考えられませんのですが）ある日、自分を共産主義の読書会とかいう（R・Sとかいっていたか、記憶がはっきり致しません）そんな、秘密の研究会に連れて行きました。堀木などという人物にとっては、共産主義の秘密会合も、れいの「東京案内」の一つくらいのものだったのかも知れません。自分はいわゆる「同志」に紹介《しょうかい》

＊91達者　上手であること。上手者。
＊92稚拙　未熟で幼稚なこと。
＊93見栄坊　見栄っ張り。
＊94モダニティ　現代性。近代性。

せられ、パンフレットを一部買わされ、そうして上座のひどい醜い顔の青年から、マルクス経済学の講義を受けました。しかし、自分には、それはわかり切っている事のように思われました。それは、そうに違いないだろうけれども、人間の心には、もっとわけのわからない、おそろしいものがある。慾、と言っても、言いたりない、ヴァニティ［＊95］、と言っても、言いたりない、色と慾、とこう二つ並べても、言いたりない、何だか自分にもわからぬが、人間の世の底に、経済だけでない、へんに怪談じみたものがあるような気がして、その怪談におびえ切っている自分には、いわゆる唯物論《ゆいぶつろん》［＊96］を、水の低きに流れるように自然に肯定《こうてい》しながらも、しかし、それによって、人間に対する恐怖から解放せられ、青葉に向って眼をひらき、希望のよろこびを感ずるなどという事は出来ないのでした。けれども、自分は、いちども欠席せずに、そのR・S（と言ったかと思いますが、間違っているかも知れません）なるものに出席し、「同志」たちが、いやに一大事の如《ごと》く、こわばった顔をして、一プラス一は二、というような、ほとんど初等の算術めいた理論の研究にふけっているのが滑稽《こっけい》に見えてたまらず、れいの自分のお道化で、会合をくつろがせる事に努め、そのためか、次第に研究会の窮屈な気配もほぐれ、自分はその会合に無くてはかなわぬ人気者という形にさえなって来たようでした。この、単純そうな人たちは、自分の事を、やはりこの人たちと同じ様に単純で、そうして、楽天的なおどけ者の「同志」くらいに考えていたかも知れませんが、もし、そうだったら、自分は、この人たちを一から十まで、あざむいていたわけです。自分は、同志では無かったんです。けれども、その会合に、いつも欠かさず出席して、皆にお道化のサーヴィスをして来ました。

好きだったからなのです。自分には、その人たちが、気にいっていたからなのです。しかし、それは必ずしも、マルクスによって結ばれた親愛感では無かったのです。

非合法。自分には、それが幽かに楽しかったのです。むしろ、居心地がよかったのです。世の中の合法というもののほうが、かえっておそろしく、（それには、底知れず強いものが予感せられます）そのからくりが不可解で、とてもその窓の無い、底冷えのする部屋には坐《すわ》っておられず、外は非合法の海であっても、それに飛び込んで泳いで、やがて死に到

＊95ヴァニティ　うぬぼれ。
＊96唯物論　精神や意識を物質に還元してとらえ、世を論理づけようとする考え方。

るほうが、自分には、いっそ気楽のようでした。

日蔭者《ひかげもの》［*97］、という言葉があります。人間の世において、みじめな、敗者、悪徳者を指差していう言葉のようですが、自分は、自分を生れた時からの日蔭者のような気がしていて、世間から、あれは日蔭者だと指差されているほどのひとと逢《あ》うと、自分は、必ず、優しい心になるのです。そうして、その自分の「優しい心」は、自身でうっとりするくらい優しい心でした。

また、犯人意識、という言葉もあります。自分は、この人間の世の中において、一生その意識に苦しめられながらも、しかし、それは自分の糟糠《そうこう》の妻［*98］の如き好伴侶《はんりょ》で、そいつと二人きりで侘《わ》びしく遊びたわむれているというのも、自分の生きている姿勢の一つだったかも知れないし、また、俗に、脛《すね》に傷持つ身［*99］、という言葉もあるようですが、その傷は、自分の赤ん坊の時から、自然に片方の脛にあらわれて、長ずるに及《およ》んで治癒《ちゆ》するどころか、いよいよ深くなるばかりで、骨にまで達し、夜々の痛苦は千変万化《せんぺんばんか》［*100］の地獄とは言いながら、しかし、（これは、たいへん奇妙な言い方ですけど）その傷は、次第に自分の血肉よりも親しくなり、その傷の痛みは、すなわち傷の生きている感情、または愛情の囁《ささや》きのようにさえ思われる、そんな男にとって、れいの地下運動のグルウプの雰囲気が、へんに安心で、居心地がよく、つまり、その運動の本来の目的よりも、その運動の肌が、自分に合った感じなのでした。堀木の場合は、ただもう阿呆《あほう》のひやかしで、いちど自分を紹介しにその会合へ行ったきりで、マルキシスト〔＊101〕は、生産面の研究と同時に、消費面の視察も必要だなどと下手な洒落《しゃれ》を言って、その会合には寄りつかず、とかく自分を、その消費面の視察のほうにばかり誘いたがるのでした。思えば、当時は、さまざまの型のマルキシストがいたものです。堀木のように、虚栄《きょえい》のモダニティから、それを自《じ》称《しょう》する者もあり、また自分のように、ただ非合法の匂いが気にいって、そこに坐り込んでいる者もあり、もしもこれらの実体が、マルキシズムの真の信奉者《しんぽうしゃ》に見破られたら、堀

＊97日蔭者　公然と世間には出られない身分の者。
＊98糟糠の妻　貧しい時からともに苦労を重ねてきた妻のこと。
＊99脛に傷持つ身　悪事を隠し持っている人、やましいところがある人。
＊100千変万化　様々に変化すること。
＊101マルキシスト　マルクス主義者。

木も自分も、烈火《れっか》の如く怒られ、卑劣《ひれつ》なる裏切者として、たちどころに追い払われた事でしょう。しかし、自分も、また、堀木でさえも、なかなか除名の処分に遭《あ》わず、殊《こと》にも自分は、その非合法の世界においては、合法の紳士《しんし》たちの世界におけるよりも、かえってのびのびと、いわゆる「健康」に振舞《ふるま》う事が出来ましたので、見込みのある「同志」として、噴《ふ》き出したくなるほど過度に秘密めかした、さまざまの用事をたのまれるほどになったのです。また、事実、自分は、そんな用事をいちども断ったことは無く、平気でなんでも引き受け、へんにぎくしゃくして、犬（同志は、ポリスをそう呼んでいました）にあやしまれ不審訊問《ふしんじんもん》［＊102］などを受けてしくじるような事も無かったし、笑いながら、また、ひとを笑わせながら、そのあぶない（その運動の連中は、一大事の如く緊張し、探偵《たんてい》小説の下手な真似《まね》みたいな事までして、極度の警戒を用い、そうして自分にたのむ仕事は、まことに、あっけにとられるくらい、つまらないものでしたが、それでも、彼らは、その用事を、さかんに、あぶながって力んでいるのでした）と、彼らの称する仕事を、とにかく正確にやってのけていました。自分のその当時の気持としては、党員になって捕《とら》えられ、たとい終身、刑務所で暮すようになったとしても、平気だったのです。世の中の人間の「実生活」というものを恐怖しながら、毎夜の不眠の地獄で呻《うめ》いているよりは、いっそ牢屋《ろうや》のほうが、楽かも知れないとさえ考えていました。

父は、桜木町の別荘では、来客やら外出やら、同じ家にいても、三日も四日も自分と顔を合せる事が無いほどでしたが、しかし、どうにも、父がけむったく、おそろしく、この家を出て、どこか下宿でも、と考えながらもそれを言い出せずにいた矢先に、父がその家を売り払うつもりらしいという事を別荘番の老爺《ろうや》［＊103］から聞きました。

父の議員の任期もそろそろ満期に近づき、いろいろ理由のあった事に違いありませんが、もうこれきり選挙に出る意志も無い様子で、それに、故郷に一棟、隠居所《いんきょじょ》［＊104］など建てたりして、東京に未練も無いらしく、たかが、高等学校の一生徒に過ぎない自分のために、邸宅《ていたく》と召使いを提供して置くのも、むだな事だとでも考えたのか、（父の心もまた、世間

＊102不審訊問　警察官が挙動不審の者に行う職務質問。
＊103老爺　高齢の男性。
＊104隠居所　仕事を辞めたあとに住むところ。

の人たちの気持と同様に、自分にはよくわかりません）とにかく、その家は、間も無く人手にわたり、自分は、本郷森川町の仙遊館《せんゆうかん》という古い下宿の、薄暗い部屋に引っ越して、そうして、たちまち金に困りました。

それまで、父から月々、きまった額の小遣いを手渡され、それはもう、二、三日で無くなっても、しかし、煙草《たばこ》も、酒も、チイズも、くだものも、いつでも家にあったし、本や文房具やその他、服装に関するものなど一切、いつでも、近所の店からいわゆる「ツケ」で求められたし、堀木におそばか天丼《てんどん》などをごちそうしても、父のひいきの町内の店だったら、自分は黙ってその店を出てもかまわなかったのでした。

それが急に、下宿のひとり住いになり、何もかも、月々の定額の送金で間に合わせなければならなくなって、自分は、まごつきました。送金は、やはり、二、三日で消えてしまい、自分は慄然《りつぜん》［＊105］とし、心細さのために狂うようになり、父、兄、姉などへ交互にお金を頼む電報と、イサイフミの手紙（その手紙において訴《うった》えている事情は、ことごとく、お道化の虚構でした。人にものを頼むのに、まず、その人を笑わせるのが上策と考えていたのです）を連発する一方、また、堀木に教えられ、せっせと質屋がよいをはじめ、それでも、いつもお金に不自由をしていました。

所詮《しょせん》、自分には、何の縁故《えんこ》［＊106］も無い下宿に、ひとりで「生活」して行く能力が無かったのです。自分は、下宿のその部屋に、ひとりでじっとしているのが、おそろしく、いまにも誰かに襲《おそ》われ、一撃《いちげき》せられるような気がして来て、街に飛び出しては、れいの運動の手伝いをしたり、あるいは堀木と一緒に安い酒を飲み廻《まわ》ったりして、ほとんど学業も、また画の勉強も放棄《ほうき》［＊107］し、高等学校へ入学して、二年目の十一月、自分より年上の有夫《ゆうふ》［＊108］の婦人と情死事件などを起し、自分の身の上は、一変しました。

＊105 慄然　おそろしさにぞっとする様。
＊106 縁故　血族や姻族、縁者。
＊107 放棄　捨て去ること。
＊108 有夫　夫があること。

学校は欠席するし、学科の勉強も、すこしもしなかったのに、それでも、妙に試験の答案に要領のいいところがあるようで、どうやらそれまでは、故郷の肉親をあざむき通して来たのですが、しかし、もうそろそろ、出席日数の不足など、学校のほうから内密に故郷の父へ報告が行っているらしく、父の代理として長兄が、いかめしい文章の長い手紙を、自分に寄こすようになっていたのでした。けれども、それよりも、自分の直接の苦痛は、金の無い事と、それから、れいの運動の用事が、とても遊び半分の気持では出来ないくらい、はげしく、いそがしくなって来た事でした。中央地区と言ったか、何地区と言ったか、とにかく本郷、小石川、下谷、神田、あの辺の学校全部の、マルクス学生の行動隊隊長というものに、自分はなっていたのでした。武装蜂起《ほうき》［＊109］、と聞き、小さいナイフを買い（いま思えば、それは鉛筆をけずるにも足りない、きゃしゃなナイフでした）それを、レインコオトのポケットにいれ、あちこち飛び廻って、いわゆる「聯絡《れんらく》」をつけるのでした。お酒を飲んで、ぐっすり眠りたい、しかし、お金がありません。しかも、P（党の事を、そういう隠語［＊110］で呼んでいたと記憶していますが、あるいは、違っているかも知れません）のほうからは、次々と息《いき》をつくひまも無いくらい、用事の依頼がまいります。自分の病弱のからだでは、とても勤まりそうも無くなりました。もともと、非合法の興味だけから、そのグルウプの手伝いをしていたのですし、こんなに、それこそ冗談から駒《こま》が出たように、いやにいそがしくなって来ると、自分は、ひそかにPのひとたちに、それはお門《かど》ちがいでしょう、あなたたちの直系のものたちにやらせたらどうですか、というようないまいましい感を抱くのを禁ずる事が出来ず、逃げました。逃げて、さすがに、いい気持はせず、死ぬ事にしました。

その頃、自分に特別の好意を寄せている女が、三人いました。ひとりは、自分の下宿している仙遊館の娘でした。この娘は、自分がれいの運動の手伝いでへとへとになって帰り、ごはんも食べずに寝てしまってから、必ず用箋《ようせん》[＊111]と万年筆を持って自分の部屋にやって来て、

＊109蜂起　大勢が一斉に行動を起こすこと。
＊110隠語　仲間以外の者から秘密を守るために使う特殊な語。
＊111用箋　便箋。手紙を書く用紙。

「ごめんなさい。下では、妹や弟がうるさくて、ゆっくり手紙も書けないのです。」

と言って、何やら自分の机に向って一時間以上も書いているのです。

自分もまた、知らん振りをして寝ておればいいのに、いかにもその娘が何か自分に言ってもらいたげの様子なので、れいの受け身の奉仕の精神を発揮して、実は一言も口をききたくない気持なのだけれども、くたくたに疲れ切っているからだに、ウムと気合いをかけて腹這《はらば》いになり、煙草を吸い、

「女から来たラヴ・レターで、風呂《ふろ》をわかしてはいった男があるそうですよ。」

「あら、いやだ。あなたでしょう？」

「ミルクをわかして飲んだ事はあるんです。」

「光栄だわ、飲んでよ。」

早くこのひと、帰らねえかなあ、手紙だなんて、見えすいているのに。へへののもへじでも書いているのに違いないんです。

「見せてよ。」

と死んでも見たくない思いでそう言えば、あら、いやよ、あら、いやよ、と言って、そ

のうれしがる事、ひどくみっともなく、興が覚めるばかりなのです。そこで自分は、用事でも言いつけてやれ、と思うんです。

「すまないけどね、電車通りの薬屋に行って、カルモチン〔＊112〕を買って来てくれない？あんまり疲れすぎて、顔がほてって、かえって眠れないんだ。すまないね。お金は、……」

「いいわよ、お金なんか。」

よろこんで立ちます。用を言いつけるというのは、決して女をしょげさせる事ではなく、かえって女は、男に用事をたのまれると喜ぶものだという事も、自分はちゃんと知っているのでした。

もうひとりは、女子高等師範の文科生のいわゆる「同志」でした。このひととは、れいの運動の用事で、いやでも毎日、顔を合せなければならなかったのです。打合せがすんでからも、その女は、いつまでも自分について歩いて、そうして、やたらに自分に、ものを

＊112 カルモチン　催眠鎮静剤。中毒性もある。

買ってくれるのでした。

「私を本当の姉だと思っていてくれていいわ。」

そのキザに身震いしながら、自分は、

「そのつもりでいるんです。」

と愁《うれ》えを含んだ微笑の表情を作って答えます。とにかく、怒らせては、こわい、何とかして、ごまかさなければならぬ、という思い一つのために、自分はいよいよその醜い、いやな女に奉仕をして、そうして、ものを買ってもらっては、（その買い物は、実に趣味の悪い品ばかりで、自分はたいてい、すぐにそれを、焼きとり屋の親爺《おやじ》などにやってしまいました）うれしそうな顔をして、冗談を言っては笑わせ、ある夏の夜、どうしても離れないので、街の暗いところで、そのひとに帰ってもらいたいばかりに、キスをしてやりましたら、あさましく狂乱の如く興奮し、自動車を呼んで、そのひとたちの運動のために秘密に借りてあるらしいビルの事務所みたいな狭い洋室に連れて行き、朝まで大騒《おおさわ》ぎという事になり、とんでもない姉だ、と自分はひそかに苦笑しました。

下宿屋の娘と言い、またこの「同志」と言い、どうしたって毎日、顔を合せなければならぬ具合いになっていますので、これまでの、さまざまの女のひとのように、うまく避《さ》けられず、つい、ずるずるに、れいの不安の心から、この二人のご機嫌をただ懸命《けんめい》に取り結び、もはや自分は、金縛《かなしば》り同様の形になっていました。

同じ頃また自分は、銀座のある大カフェの女給から、思いがけぬ恩を受け、たったいちど逢っただけなのに、それでも、その恩にこだわり、やはり身動き出来ないほどの、心配やら、空《そら》おそろしさを感じていたのでした。その頃になると、自分も、敢《あ》えて堀木の案内に頼《たよ》らずとも、ひとりで電車にも乗れるし、また、歌舞伎座《かぶきざ》にも行けるし、または、絣《かすり》［＊113］の着物を着て、カフェにだってはいれるくらいの、多少の図々《ずうずう》しさを装《よそお》えるようになっていたのです。心では、相変らず、人間の自信と暴力とを怪《あや》しみ、恐れ、悩みながら、うわべだけは、少しずつ、他人と真顔の挨拶《あいさつ》、いや、ちがう、自分はやはり敗北のお道化の苦しい笑いを伴《ともな》わずには、挨拶できないたちなのですが、とにかく、無我夢中のへどもどの挨拶でも、どうやら出来るくらいの「伎倆《ぎりょう》［＊114］」を、れいの運動で走り廻ったおか

＊113絣　所々かすったような模様を織り出した布。

げ？　または、女の？　または、酒？　けれども、おもに金銭の不自由のおかげで修得しかけていたのです。どこにいても、おそろしく、かえって大カフェでたくさんの酔客《すいきゃく》または女給、ボーイたちにもまれ、まぎれ込む事が出来たら、自分のこの絶えず追われているような心も落ちつくのではなかろうか、と十円持って、銀座のその大カフェに、ひとりではいって、笑いながら相手の女給に、

「十円しか無いんだからね、そのつもりで。」

と言いました。

「心配要《い》りません。」

どこかに関西の訛《なま》りがありました。そうして、その一言《ひとこと》が、奇妙に自分の、震えおののいている心をしずめてくれました。いいえ、お金の心配が要らなくなったからではありません。そのひとの傍《そば》にいる事に心配が要らないような気がしたのです。

自分は、お酒を飲みました。そのひとに安心しているので、かえってお道化など演じる気持も起らず、自分の地金《じがね》〔＊115〕の無口で陰惨なところを隠さず見せて、黙ってお酒を飲みました。

「こんなの、おすきか？」

女は、さまざまの料理を自分の前に並べました。自分は首を振りました。

「お酒だけか？　うちも飲もう。」

秋の、寒い夜でした。自分は、ツネ子（といったと覚えていますが、記憶が薄れ、たしかではありません。情死〔＊116〕の相手の名前をさえ忘れているような自分なのです）に言いつけられたとおりに、銀座裏の、ある屋台のお鮨《すし》やで、少しもおいしくない鮨を食べながら、（そのひとの名前は忘れても、その時の鮨のまずさだけは、どうした事か、はっきり記憶に残っています。そうして、青大将の顔に似た顔つきの、丸坊主《まるぼうず》のおやじが、首を振り振り、いかにも上手みたいにごまかしながら鮨を握《にぎ》っている様も、眼前に見るように鮮明に思い出され、後年、電車などで、はて見た顔だ、といろいろ考え、なんだ、あの時

＊114 伎倆　腕前。
＊115 地金　生まれつきの性質。
＊116 情死　心中。相愛の男女が一緒に死ぬこと。

の鮨やの親爺に似ているんだ、と気が附き苦笑した事も再三あったほどでした。あのひとの名前も、また、顔かたちさえ記憶から遠ざかっている現在なお、あの鮨やの親爺の顔だけは絵にかけるほど正確に覚えているとは、よっぽどあの時の鮨がまずく、自分に寒さと苦痛を与えたものと思われます。もともと、自分は、うまい鮨を食わせる店というところに、ひとに連れられて行って食っても、うまいと思った事は、いちどもありませんでした。大き過ぎるのです。親指くらいの大きさにキチッと握れないものかしら、といつも考えていました）そのひとを、待っていました。

本所《ほんじょ》の大工さんの二階を、そのひとが借りていました。自分は、その二階で、日頃の自分の陰鬱《いんうつ》な心を少しもかくさず、ひどい歯痛に襲われてでもいるように、片手で頬《ほお》をおさえながら、お茶を飲みました。そうして、自分のそんな姿態が、かえって、そのひとには、気にいったようでした。そのひとも、身のまわりに冷たい木枯《こがら》しが吹いて、落葉だけが舞い狂い、完全に孤立《こりつ》している感じの女でした。

一緒にやすみながらそのひとは、自分より二つ年上であること、故郷は広島、あたしには主人があるのよ、広島で床屋《とこや》さんをしていたの、昨年の春、一緒に東京へ家出して逃げて来たのだけれども、主人は、東京で、まともな仕事をせずそのうちに詐欺罪《さぎ》に問われ、刑務所にいるのよ、あたしは毎日、何やらかやら差し入れしに、刑務所へかよっていたのだけれども、あすから、やめます、などと物語るのでしたが、自分は、どういうものか、女の身の上噺《ばなし》というものには、少しも興味を持てないたちで、それは女の語り方の下手なせいか、つまり、話の重点の置き方を間違っているせいなのか、とにかく、自分には、つねに、馬耳東風《ばじとうふう》［＊117］なのでありました。

侘《わ》びしい。

自分には、女の千万言《せんまんげん》の身の上噺よりも、その一言の呟《つぶや》きのほうに共感をそそられるに違いないと期待していても、この世の中の女から、ついにいちども自分は、その言葉を聞いた事がないのを、奇怪とも不思議とも感じております。けれども、そのひとは、言葉で「侘びしい」とは言いませんでしたが、無言のひどい侘びしさを、からだの外郭《がいかく》［＊118］に、

＊117馬耳東風　他人の意見や批判を聞き流すこと。
＊118外郭　外側。表面。

一寸《いっすん》くらいの幅の気流みたいに持っていて、そのひとに寄り添うと、こちらのからだもその気流に包まれ、自分の持っている多少トゲトゲした陰鬱の気流と程よく溶《と》け合い、「水底の岩に落ち附く枯葉」のように、わが身は、恐怖からも不安からも、離れる事が出来るのでした。

あの白痴の淫売婦《いんばいふ》たちのふところの中で、安心してぐっすり眠る思いとは、また、全く異なって、（だいいち、あのプロステチウト［*119］たちは、陽気でした）その詐欺罪の犯人の妻と過した一夜は、自分にとって、幸福な（こんな大それた言葉を、なんの躊躇《ちゅうちょ》［*120］も無く、肯定して使用する事は、自分のこの全手記において、再び無いつもりです）解放せられた夜でした。

しかし、ただ一夜でした。朝、眼が覚めて、はね起き、自分はもとの軽薄な、装えるお道化者になっていました。

弱虫は、幸福をさえおそれるものです。綿で怪我《けが》をするんです。幸福に傷つけられる事もあるんです。傷つけられないうちに、早く、このまま、わかれたいとあせり、れいのお道化の煙幕《えんまく》を張りめぐらすのでした。

「金の切れめが縁の切れめ、ってのはね、あれはね、解釈が逆なんだ。金が無くなると女にふられるって意味、じゃあ無いんだ。男に金が無くなると、男は、ただおのずから意気銷沈《しょうちん》[＊121]して、ダメになり、笑う声にも力が無く、そうして、妙にひがんだりなんかしてね、ついには破れかぶれになり、男のほうから女を振る、半狂乱になって振って振って振り抜くという意味なんだね、金沢大辞林という本によればね、可哀《かわい》そうに。僕にも、その気持わかるがね。」

たしか、そんなふうの馬鹿《ばか》げた事を言って、ツネ子を噴き出させたような記憶がありま

＊119 プロステチウト　売春婦。
＊120 躊躇　ためらい。
＊121 意気消沈　元気をなくして沈み込む様。

す。長居は無用、おそれありと、顔も洗わずに素早く引き上げたのですが、その時の自分の、「金の切れめが縁の切れめ」という出鱈目《でたらめ》の放言［＊122］が、のちに到って、意外のひっかかりを生じたのです。

それから、ひとつき、自分は、その夜の恩人とは逢《あ》いませんでした。別れて、日が経《た》つにつれて、よろこびは薄れ、かりそめの恩を受けた事がかえってそらおそろしく、自分勝手にひどい束縛《そくばく》を感じて来て、あのカフェのお勘定を、あの時、全部ツネ子の負担にさせてしまったという俗事［＊123］さえ、次第に気になりはじめて、ツネ子もやはり、下宿の娘や、あの女子高等師範と同じく、自分を脅迫《きょうはく》するだけの女のように思われ、遠く離れていながらも、絶えずツネ子におびえていて、その上に自分は、一緒に休んだ事のある女に、また逢うと、その時にいきなり何か烈火の如《ごと》く怒られそうな気がしてたまらず、逢うのにすこぶるおっくうがる性質でしたので、いよいよ、銀座は敬遠の形でしたが、しかし、そのおっくうがるという性質は、決して自分の狡猾《こうかつ》［＊124］さではなく、女性というものは、休んでからの事と、朝、起きてからの事との間に、一つの、塵《ちり》ほどの、つながりをも持たせず、完全の忘却《ぼうきゃく》の如く、見事に二つの世界を切断させて生きているという不思議な現象を、まだよく呑《の》みこんでいなかったからなのでした。

十一月の末、自分は、堀木と神田の屋台で安酒を飲み、この悪友は、その屋台を出てからも、さらにどこかで飲もうと主張し、もう自分たちにはお金が無いのに、それでも、飲もう、飲もうよ、とねばるのです。その時、自分は、酔って大胆《だいたん》になっているからでもありましたが、

「よし、そんなら、夢の国に連れて行く。おどろくな、酒池肉林《しゅちにくりん》〔＊125〕という、……」

「カフェか？」

「そう。」

「行こう！」

＊122 放言　無責任な発言。
＊123 俗事　日常のつまらない事柄。
＊124 狡猾　悪賢い様。
＊125 酒池肉林　贅沢な酒宴。『史記』の「池のように酒をたたえ、林のように肉を立て並べた酒宴」から。

というような事になって二人、市電に乗り、堀木は、はしゃいで、

「おれは、今夜は、女に飢《う》え渇《かわ》いているんだ。女給にキスしてもいいか。」

自分は、堀木がそんな酔態《すいたい》［＊126］を演じる事を、あんまり好んでいないのでした。堀木も、それを知っているので、自分にそんな念を押すのでした。

「いいか。キスするぜ。おれの傍に坐《すわ》った女給に、きっとキスして見せる。いいか。」

「かまわんだろう。」

「ありがたい！　おれは女に飢え渇いているんだ。」

銀座四丁目で降りて、そのいわゆる酒池肉林の大カフェに、ツネ子をたのみの綱《つな》としてほとんど無一文《むいちもん》ではいり、あいているボックスに堀木と向い合って腰をおろしたとたんに、ツネ子ともう一人の女給が走り寄って来て、そのもう一人の女給が自分の傍に、そうしてツネ子は、堀木の傍に、ドサンと腰かけたので、自分は、ハッとしました。ツネ子は、いまにキスされる。

惜《お》しいという気持ではありませんでした。自分には、もともと所有慾《よく》というものは薄く、また、たまに幽《かす》かに惜しむ気持はあっても、その所有権を敢然《かんぜん》と主張し、人と争うほどの

気力が無いのでした。のちに、自分は、自分の内縁の妻が犯されるのを、黙って見ていた事さえあったほどなのです。

自分は、人間のいざこざに出来るだけ触《さわ》りたくないのでした。その渦《うず》に巻き込まれるのが、おそろしいのでした。ツネ子と自分とは、一夜だけの間柄《あいだがら》です。ツネ子は、自分のものではありません。惜しい、など思い上った慾は、自分に持てるはずはありません。けれども、自分は、ハッとしました。

自分の眼の前で、堀木の猛烈《もうれつ》なキスを受ける、そのツネ子の身の上を、ふびんに思ったからでした。堀木によごされたツネ子は、自分とわかれなければならなくなるだろう、しかも自分にも、ツネ子を引き留めるほどのポジティヴ［＊127］な熱は無い、ああ、もう、これでおしまいなのだ、とツネ子の不幸に一瞬ハッとしたものの、すぐに自分は水のように素直にあきらめ、堀木とツネ子の顔を見較《みくら》べ、にやにやと笑いました。

＊126酔態　酔っ払った姿。
＊127ポジティヴ　積極的。

しかし、事態は、実に思いがけなく、もっと悪く展開せられました。

「やめた！」

と堀木は、口をゆがめて言い、

「さすがのおれも、こんな貧乏《びんぼう》くさい女には、……」

閉口［＊128］し切ったように、腕組みしてツネ子をじろじろ眺《なが》め、苦笑するのでした。

「お酒を。お金は無い。」

自分は、小声でツネ子に言いました。それこそ、浴びるほど飲んでみたい気持でした。いわゆる俗物［＊129］の眼から見ると、ツネ子は酔漢《すいかん》のキスにも価《あた》いしない、ただ、みすぼらしい、貧乏くさい女だったのでした。案外とも、意外とも、自分には霹靂《へきれき》に撃《う》ちくだかれた思いでした。自分は、これまで例の無かったほど、いくらでも、いくらでも、お酒を飲み、ぐらぐら酔って、ツネ子と顔を見合せ、哀《かな》しく微笑《ほほえ》み合い、いかにもそう言われてみると、こいつはへんに疲《つか》れて貧乏くさいだけの女だな、と思うと同時に、金の無い者どうしの親和［＊130］（貧富の不和は、陳腐のようでも、やはりドラマの永遠のテーマの一つだと自分は今では思っていますが）そいつが、その親和感が、胸に込み上げて来て、ツネ子がいとしく、生れてこの時はじめて、われから積極的に、微弱ながら恋の心の動くのを自覚しました。吐《は》きました。前後不覚［＊131］になりました。お酒を飲んで、こんなに我を失うほど酔ったのも、その時がはじめてでした。

眼が覚めたら、枕《まくら》もとにツネ子が坐っていました。本所の大工さんの二階の部屋に寝ていたのでした。

「金の切れめが縁の切れめ、なんておっしゃって、冗談かと思うていたら、本気か。来てくれないのだもの。ややこしい切れめやな。うちが、かせいであげても、だめか。」

「だめ。」

それから、女も休んで、夜明けがた、女の口から「死」という言葉がはじめて出て、女も人間としての営みに疲れ切っていたようでしたし、また、自分も、世の中への恐怖、わ

＊128閉口　困ること。
＊129俗物　世間的な利益ばかりを追う人物。
＊130親和　互いに親しみ、心を合わせること。
＊131前後不覚　物事の前後もわからなくなるほどの状態。

ずらわしさ、金、れいの運動、女、学業、考えると、とてもこの上こらえて生きて行けそうもなく、そのひとの提案に気軽に同意しました。

　けれども、その時にはまだ、実感としての「死のう」という覚悟は、出来ていなかったのです。どこかに「遊び」がひそんでいました。

　その日の午前、二人は浅草の六区をさまよっていました。喫茶店にはいり、牛乳を飲みました。

「あなた、払《はら》うて置いて。」

　自分は立って、袂《たもと》からがま口を出し、ひらくと、銅銭が三枚、羞恥《しゅうち》［＊132］よりも凄惨《せいさん》の思いに襲われ、たちまち脳裡《のうり》に浮ぶものは、仙遊館の自分の部屋、制服と蒲団《ふとん》だけが残されてあるきりで、あとはもう、質草になりそうなものの一つも無い荒涼《こうりょう》［＊133］たる部屋、他には自分のいま着て歩いている絣《かすり》の着物と、マント、これが自分の現実なのだ、生きて行けない、とはっきり思い知りまし

た。

自分がまごついているので、女も立って、自分のがま口をのぞいて、

「あら、たったそれだけ？」

無心の声でしたが、これがまた、じんと骨身にこたえるほどに痛かったのです。はじめて自分が、恋したひとの声だけに、痛かったのです。それだけも、これだけもない、銅銭三枚は、どだいお金でありません。それは、自分がいまだかつて味わった事の無い奇妙な屈辱でした。とても生きておられない屈辱でした。所詮《しょせん》その頃の自分は、まだお金持ちの坊ちゃんという種属から脱し切っていなかったのでしょう。その時、自分は、みずからすすんでも死のうと、実感として決意したのです。

その夜、自分たちは、鎌倉《かまくら》の海に飛び込みました。女は、この帯はお店のお友達から借りている帯やから、と言って、帯をほどき、畳《たた》んで岩の上に置き、自分もマントを脱《ぬ》ぎ、

＊132 羞恥　はじらい。
＊133 荒涼　荒れ果てて寂しい様。

同じ所に置いて、一緒に入水《じゅすい》［＊134］しました。

女のひとは、死にました。そうして、自分だけ助かりました。

自分が高等学校の生徒ではあり、また父の名にもいくらか、いわゆるニュウス・ヴァリュ［＊135］があったのか、新聞にもかなり大きな問題として取り上げられたようでした。

自分は海辺の病院に

収容せられ、故郷から親戚《しんせき》の者がひとり駈《か》けつけ、さまざまの始末をしてくれて、そうして、くにの父をはじめ一家中が激怒《げきど》しているから、これっきり生家《せいか》とは義絶［*136］になるかも知れぬ、と自分に申し渡して帰りました。けれども自分は、そんな事より、死んだツネ子が恋いしく、めそめそ泣いてばかりいました。本当に、いままでのひとの中で、あの貧乏くさいツネ子だけを、すきだったのですから。

下宿の娘から、短歌を五十も書きつらねた長い手紙が来ました。「生きくれよ」というへんな言葉ではじまる短歌ばかり、五十でした。また、自分の病室に、看護婦たちが陽気に笑いながら遊びに来て、自分の手をきゅっと握って帰る看護婦もいました。

自分の左肺に故障のあるのを、その病院で発見せられ、これがたいへん自分に好都合な事になり、やがて自分が自殺幇助《ほうじょ》罪［*137］という罪名で病院から警察に連れて行かれまし

*134入水　水中に飛び込んで自殺すること。
*135ニュウス・ヴァリュ　ニュースとして報道する価値。
*136義絶　親子、きょうだいなどとの関係を断つこと。
*137自殺幇助罪　自殺を決意した者の自殺を援助した罪。

たが、警察では、自分を病人あつかいにしてくれて、特に保護室に収容しました。

深夜、保護室の隣りの宿直室で、寝ずの番をしていた年寄りのお巡《まわ》りが、間のドアをそっとあけ、

「おい！」

と自分に声をかけ、

「寒いだろう。こっちへ来て、あたれ。」

と言いました。

自分は、わざとしおしおと宿直室にはいって行き、椅子《いす》に腰かけて火鉢にあたりました。

「やはり、死んだ女が恋いしいだろう。」

「はい。」

ことさらに、消え入るような細い声で返事しました。

「そこが、やはり人情というものだ。」

彼は次第に、大きく構えて来ました。

「はじめ、女と関係を結んだのは、どこだ。」

ほとんど裁判官の如く、もったいぶって尋《たず》ねるのでした。彼は、自分を子供とあなどり、秋の夜のつれづれに、あたかも彼自身が取調べの主任でもあるかのように装《よそお》い、自分から猥談《わいだん》［＊138］めいた述懐《じゅっかい》［＊139］を引き出そうという魂胆《こんたん》［＊140］のようでした。自分は素早くそれを察し、噴き出したいのを怺《こら》えるのに骨を折りました。そんなお巡りの「非公式な訊問《じんもん》」には、いっさい答を拒否してもかまわないのだという事は、自分も知っていましたが、しかし、秋の夜ながに興を添《そ》えるため、自分は、あくまでも神妙に、そのお巡りこそ取調べの主任であって、刑罰の軽重の決定もそのお巡りの思召《おぼしめ》し一つに在るのだ、という事を固く信じて疑わないようないわゆる誠意をおもてにあらわし、彼の助平《すけべい》の好奇心を、やや満足させる程度のいい加減な「陳述［＊141］」をするのでした。

「うん、それでだいたいわかった。何でも正直に答えると、わしらのほうでも、そこは手

＊138猥談　性的なみだらな話。
＊139述懐　気持ちを述べること。
＊140魂胆　心の中のたくらみ。
＊141陳述　事件の当事者が関係事項を述べること。

心を加える。」

「ありがとうございます。よろしくお願いいたします。」

ほとんど入神［＊142］の演技でした。そうして、自分のためには、何も、一つも、とくにならない力演なのです。

夜が明けて、自分は署長に呼び出されました。こんどは、本式の取調べなのです。

ドアをあけて、署長室にはいったとたんに、

「おう、いい男だ。これあ、お前が悪いんじゃない。こんな、いい男に産んだお前のおふくろが悪いんだ。」

色の浅黒い、大学出みたいな感じのまだ若い署長でした。いきなりそう言われて自分は、自分の顔の半面にべったり赤痣《あかあざ》でもあるような、みにくい不具者のような、みじめな気がしました。

この柔道《じゅうどう》か剣道《けんどう》の選手のような署長の取調べは、実にあっさりしていて、あの深夜の老巡査《じゅんさ》のひそかな、執拗《しつよう》［＊143］きわまる好色［＊144］の「取調べ」とは、雲泥《うんでい》の差［＊145］がありました。訊問がすんで、署長は、検事局に送る書類をしたためながら、

「からだを丈夫《じょうぶ》にしなけれゃ、いかんね。血痰《けったん》が出ているようじゃないか。」

と言いました。

その朝、へんに咳《せき》が出て、自分は咳の出るたびに、ハンケチで口を覆《おお》っていたのですが、そのハンケチに赤い霰《あられ》が降ったみたいに血がついていたのです。けれども、それは、喉《のど》から出た血ではなく、昨夜、耳の下に出来た小さいおできをいじって、そのおできから出た血なのでした。しかし、自分は、それを言い明さないほうが、便宜《べんぎ》［＊146］な事もあるような気がふっとしたものですから、ただ、

「はい。」

と、伏眼《ふしめ》になり、殊勝《しゅしょう》［＊147］げに答えて置きました。

＊142入神　技術が上達し、神業のような域に達すること。
＊143執拗　しつこい様。
＊144好色　みだならら気持ちを抱く性癖。
＊145雲泥の差　天と地ほどの大変な違いがあること。
＊146便宜　都合のよいこと、便利なこと。

署長は書類を書き終えて、

「起訴《きそ》になるかどうか、それは検事殿がきめることだが、お前の身元引受人に、電報か電話で、きょう横浜の検事局に来てもらうように、たのんだほうがいいな。誰か、あるだろう、お前の保護者とか保証人とかいうものが。」

父の東京の別荘に出入りしていた書画骨董《こっとう》商の渋田《しぶた》という、自分たちと同郷人で、父のたいこ持ちみたいな役も勤めていたずんぐりした独身の四十男が、自分の学校の保証人になっているのを、自分は思い出しました。その男の顔が、殊《こと》に眼つきが、ヒラメに似ているというので、父はいつもその男をヒラメと呼び、自分も、そう呼びなれていました。

自分は警察の電話帳を借りて、ヒラメの家の電話番号を捜《さが》し、見つかったので、ヒラメに電話して、横浜の検事局に来てくれるように頼みましたら、ヒラメは人が変ったみたいな威張《いば》った口調で、それでも、とにかく引き受けてくれました。

「おい、その電話機、すぐ消毒したほうがいいぜ。何せ、血痰が出ているんだから。」

自分が、また保護室に引き上げてから、お巡りたちにそう言いつけている署長の大きな声が、保護室に坐っている自分の耳にまで、とどきました。

お昼すぎ、自分は、細い麻縄《あさなわ》で胴《どう》を縛られ、それはマントで隠すことを許されましたが、その麻縄の端を若いお巡りが、しっかり握っていて、二人一緒に電車で横浜に向いました。

けれども、自分には少しの不安も無く、あの警察の保護室も、老巡査もなつかしく、嗚《あ》呼《あ》、自分はどうしてこうなのでしょう。罪人として縛られると、かえってほっとして、そうしてゆったり落ちついて、その時の追憶を、いま書くに当っても、本当にのびのびした楽しい気持になるのです。

しかし、その時期のなつかしい思い出の中にも、たった一つ、冷汗三斗《れいかんさんと》［＊148］の、生涯わすれられぬ悲惨なしくじりがあったのです。自分は、検事局の薄暗い一室で、検事の簡単な取調べを受けました。検事は四十歳前後の物静かな、（もし自分が美貌《びぼう》だったとしても、それは謂《い》わば邪淫《じゃいん》［＊149］の美貌だったに違いありませんが、その検事の顔は、正しい

＊147 殊勝　健気なこと。
＊148 冷汗三斗　非常に恥ずかしく、おそろしく、冷や汗をたくさんかくこと。
＊149 邪婬　みだらな、よこしまなこと。

美貌、とでも言いたいような、聡明《そうめい》な静謐《せいひつ》［＊150］の気配を持っていました）コセコセしない人柄《ひとがら》のようでしたので、自分も全く警戒せず、ぼんやり陳述していたのですが、突然、れいの咳が出て来て、自分は袂からハンケチを出し、ふとその血を見て、この咳もまた何かの役に立つかも知れぬとあさましい駈引《かけひ》きの心を起し、ゴホン、ゴホンと二つばかり、おまけの贋《にせ》の咳を大袈裟《おおげさ》に附け加えて、ハンケチで口を覆ったまま検事の顔をちらと見た、間一髪《かんいっぱつ》［＊151］、

「ほんとうかい？」

ものしずかな微笑でした。冷汗三斗、いいえ、いま思い出しても、きりきり舞いをしたくなります。中学時代に、あの馬鹿の竹一から、ワザ、ワザ、と言われて背中を突かれ、地獄に蹴落《けおと》された、その時の思い以

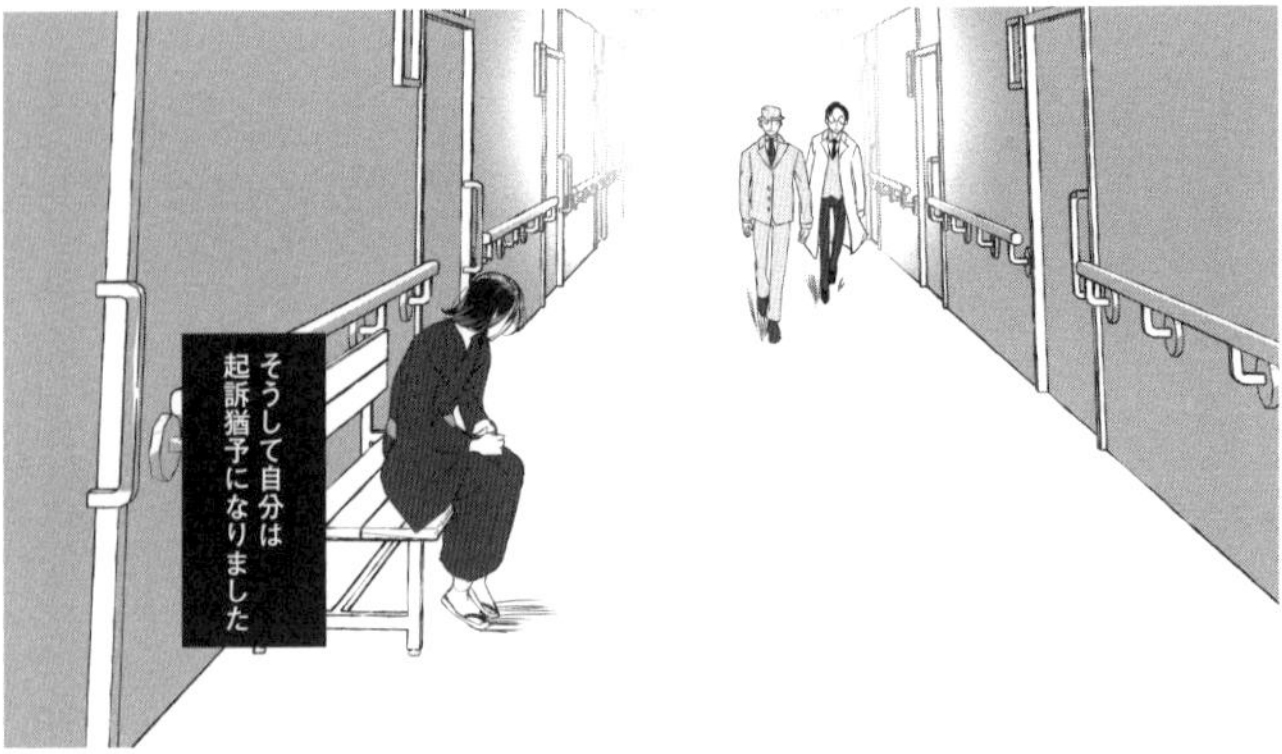

上と言っても、決して過言では無い気持です。あれと、これと、二つ、自分の生涯における演技の大失敗の記録です。検事のあんな物静かな侮蔑《ぶべつ》に遭《あ》うよりは、いっそ自分は十年の刑を言い渡されたほうが、ましだったと思う事さえ、時たまあるほどなのです。

自分は起訴猶予《ゆうよ》［＊152］になりました。けれども一向にうれしくなく、世にもみじめな気持で、検事局の控室《ひかえしつ》のベンチに腰かけ、引取り人のヒラメが来るのを待っていました。

背後の高い窓から夕焼けの空が見え、鷗《かもめ》が、「女」という字みたいな形で飛んでいました。

＊150静謐　静かで穏やかな様子。
＊151間一髪　ほんのちょっとしたところで。
＊152猶予　実行の期日を延ばすこと。

第三の手記 1

竹一の予言の、一つは当り、一つは、はずれました。惚《ほ》れられるという、名誉で無い予言のほうは、あたりましたが、きっと偉い絵画きになるという、祝福の予言は、はずれました。

自分は、わずかに、粗悪な雑誌の、無名の下手な漫画家になる事が出来ただけでした。

鎌倉の事件のために、高等学校からは追放せられ、自分は、ヒラメの家の二階の、三畳《じょう》の部屋で寝起きして、故郷からは月々、極《きわ》めて少額の金が、それも直接に自分宛《あて》ではなく、ヒラメのところにひそかに送られて来ている様子でしたが、（しかも、それは故郷の兄たちが、父にかくして送ってくれているという形式になっていたようでした）それっきり、あとは故郷とのつながりを全然、断ち切られてしまい、そうして、ヒラメはいつも不機嫌、自分があいそ笑いをしても、笑わず、人間というものはこんなにも簡単に、それこそ手のひらをかえすが如《ごと》くに変化できるものかと、あさましく、いや、むしろ滑稽《こっけい》に思われるくらいの、ひどい変り様で、

「出ちゃいけませんよ。とにかく、出ないで下さいよ。」

そればかり自分に言っているのでした。

ヒラメは、自分に自殺のおそれありと、にらんでいるらしく、つまり、女の後を追ってまた海へ飛び込んだりする危険があると見てとっているらしく、自分の外出を固く禁じているのでした。けれども、酒も飲めないし、煙草《たばこ》も吸えないし、ただ、朝から晩まで二階の三畳のこたつにもぐって、古雑誌なんか読んで阿呆《あほう》同然のくらしをしている自分には、自殺の気力さえ失われていました。

ヒラメの家は、大久保の医専の近くにあり、書画骨董《こっとう》商、青竜園、だなどと看板の文字だけは相当に気張っていても、一棟二戸の、その一戸で、店の間口も狭《せま》く、店内はホコリだらけで、いい加減なガラクタばかり並べ、（もっとも、ヒラメはその店のガラクタにたよって商売しているわけではなく、こっちのいわゆる旦那《だんな》の秘蔵のものを、あっちのいわゆる旦那にその所有権をゆずる場合などに活躍《かつやく》して、お金をもうけているらしいのです）店に坐《すわ》っている事はほとんど無く、たいてい朝から、むずかしそうな顔をしてそそくさと出かけ、留守は十七、八の小僧《こぞう》ひとり、これが自分の見張り番というわけで、ひまさえあれば近所の子供たちと外でキャッチボールなどしていても、二階の居候《いそうろう》をまるで馬鹿《ばか》か気違《きちが》いくらいに思っているらしく、大人《おとな》の説教くさい事まで自分に言い聞かせ、自分は、ひとと言い争いの出来ない質《たち》なので、疲れたような、また、感心したような顔をしてそれに耳を傾《かたむ》け、服従しているのでした。この小僧は渋田のかくし子で、それでもへんな事情があって、渋田はいわゆる親子の名乗りをせず、また渋田がずっと独身なのも、何やらその辺に理由があっての事らしく、自分も以前、自分の家の者たちからそれについての噂《うわさ》を、ちょっと聞いたような気もするのですが、自分は、どうも他人の身の上には、あまり興味を持てないほうなので、深い事は何も知りません。しかし、その小僧の眼つきにも、妙に魚の眼を聯想《れんそう》させるところがありましたから、あるいは、本当にヒラメのかくし子、……でも、それならば、二人は実に淋《さび》しい親子でした。夜おそく、二階の自分には内緒《ないしょ》で、二人でおそばなどを取り寄せて無言で食べている事がありました。

ヒラメの家では食事はいつもその小僧がつくり、二階のやっかい者の食事だけは別にお膳《ぜん》に載《の》せて小僧が三度々々二階に持ち運んで来てくれて、ヒラメと小僧は、階段の下のじめじめした四畳半で何やら、カチャカチャ皿小鉢の触れ合う音をさせながら、いそがしげに食事しているのでした。

三月末のある夕方、ヒラメは思わぬもうけ口にでもありついたのか、または何か他に策略でもあったのか、(その二つの推察が、ともに当っていたとしても、おそらくは、さらにまたいくつかの自分などにはとても推察のとどかないこまかい原因もあったのでしょうが)自分を階下の珍しくお銚子《ちょうし》など附いている食卓《しょくたく》に招いて、ヒラメならぬマグロの刺《さし》身《み》に、ごちそうの主人《あるじ》みずから感服し、賞讃《しょうさん》[*153]し、ぼんやりしている居候にも少しくお酒をすすめ、

「どうするつもりなんです、いったい、これから。」

自分はそれに答えず、卓上の皿から畳鰯《たたみいわし》をつまみ上げ、その小魚たちの銀の眼玉を眺めていたら、酔いがほのぼの発して来て、遊び廻っていた頃がなつかしく、堀木でさえなつかしく、つくづく「自由」が欲しくなり、ふっと、かぼそく泣きそうになりました。

自分がこの家へ来てからは、道化を演ずる張合いさえ無く、ただもうヒラメと小僧の蔑《べっ》視《し》[*154]の中に身を横たえ、ヒラメのほうでもまた、自分と打ち解けた長噺《ながばなし》をするのを避

*153 賞讃　ほめたたえること。
*154 蔑視　蔑むこと。

けている様子でしたし、自分もそのヒラメを追いかけて何かを訴える気などは起らず、ほとんど自分は、間抜けづらの居候になり切っていたのです。

「起訴猶予《ゆうよ》というのは、前科何犯とか、そんなものには、ならない模様です。だから、まあ、あなたの心掛け一つで、更生《こうせい》［＊155］が出来るわけです。あなたが、もし、改心して、あなたのほうから、真面目《まじめ》に私に相談を持ちかけてくれたら、私も考えてみます。」

　ヒラメの話し方には、いや、世の中の全部の人の話し方には、このようにややこしく、どこか朦《もう》朧《ろう》［＊156］として、逃げ腰とでもいったみたいな微妙な複雑さがあり、そのほとんど無益と思われるくらいの厳重な警戒と、無数といっていいくらいの小うるさい駈引《かけひ》きとには、いつも自分は当惑《とうわく》［＊157］し、どうでもいいやという気分になって、お道化で茶化《ちゃか》したり、ま

たは無言の首肯《しゅこう》〔*158〕で一さいおまかせという、謂《い》わば敗北の態度をとってしまうのでした。

この時もヒラメが、自分に向って、だいたい次のように簡単に報告すれば、それですむ事だったのを自分は後年に到って知り、ヒラメの不必要な用心、いや、世の中の人たちの不可解な見栄《みえ》、おていさいに、何とも陰鬱《いんうつ》な思いをしました。

ヒラメは、その時、ただこう言えばよかったのでした。

「官立でも私立でも、とにかく四月から、どこかの学校へはいりなさい。あなたの生活費は、学校へはいると、くにから、もっと充分に送って来る事になっているのです。」

ずっと後になってわかったのですが、事実は、そのようになっていたのでした。そうして、自分もその言いつけに従ったでしょう。それなのに、ヒラメのいやに用心深く持って

*155更生　もとのよい状態にもどること。
*156朦朧　かすんではっきり捉えられないこと。曖昧な様子。
*157当惑　途方に暮れてどうしてよいかわからないこと。
*158首肯　肯定しうなずくこと。

廻った言い方のために、妙にこじれ、自分の生きて行く方向もまるで変ってしまったのです。

「真面目に私に相談を持ちかけてくれる気持が無ければ、仕様がないですが。」

「どんな相談？」

自分には、本当に何も見当がつかなかったのです。

「それは、あなたの胸にある事でしょう？」

「たとえば？」

「たとえばって、あなた自身、これからどうする気なんです。」

「働いたほうが、いいんですか？」

「いや、あなたの気持は、いったいどうなんです。」

「だって、学校へはいるといったって、……」

「そりゃ、お金が要《い》ります。しかし、問題は、お金でない。あなたの気持です。」

お金は、くにから来る事になっているんだから、となぜ一こと、言わなかったのでしょう。その一言によって、自分の気持も、きまったはずなのに、自分には、ただ五里霧中《ごりむちゅう》でした。

「どうですか？　何か、将来の希望、とでもいったものが、あるんですか？　いったい、どうも、ひとをひとり世話しているというのは、どれだけむずかしいものだか、世話されているひとには、わかりますまい。」

「すみません。」

「そりゃ実に、心配なものです。私も、いったんあなたの世話を引き受けた以上、あなたにも、生半可《なまはんか》［＊159］な気持でいてもらいたくないのです。立派に更生の道をたどる、という覚悟のほどを見せてもらいたいのです。たとえば、あなたの将来の方針、それについてあなたのほうから私に、まじめに相談を持ちかけて来たなら、私もその相談には応ずるつもりでいます。それは、どうせこんな、貧乏なヒラメの援助なのですから、以前のようなぜいたくを望んだら、あてがはずれます。しかし、あなたの気持がしっかりしていて、将来の方針をはっきり打ち樹《た》て、そうして私に相談をしてくれたら、私は、たといわずかず

＊159生半可　中途半端で不十分な様。

つでも、あなたの更生のために、お手伝いしようとさえ思っているんです。わかりますか？　私の気持が。いったい、あなたは、これから、どうするつもりでいるのです。」

「ここの二階に、置いてもらえなかったら、働いて、……」

「本気で、そんな事を言っているのですか？　いまのこの世の中に、たとい帝国大学校を出たって、……」

「いいえ、サラリイマンになるんでは無いんです。」

「それじゃ、何です。」

「画家です。」

思い切って、それを言いました。

「へええ？」

自分は、その時の、頸《くび》をちぢめて笑ったヒラメの顔の、いかにもずるそうな影を忘れる事が出来ません。軽蔑の影にも似て、それとも違い、世の中を海にたとえると、その海の千尋《ちひろ》［＊160］の深さの箇所《かしょ》に、そんな奇妙な影がたゆとうていそうで、何か、おとなの生活の奥底をチラと覗《のぞ》かせたような笑いでした。

そんな事では話にも何もならぬ、ちっとも気持がしっかりしていない、考えなさい、今夜一晩まじめに考えてみなさい、と言われ、自分は追われるように二階に上って、寝ても、別に何の考えも浮びませんでした。そうして、あけがたになり、ヒラメの家から逃《に》げました。

夕方、間違いなく帰ります。左記の友人の許《もと》へ、将来の方針について相談に行って来るのですから、ご心配無く。ほんとうに。

と、用箋《ようせん》に鉛筆で大きく書き、それから、浅草の堀木正雄の住所姓名を記して、こっそ

＊160 千尋　尋は両手を左右に広げた長さ。非常に深いこと、あるいは、長いこと。

り、ヒラメの家を出ました。

　ヒラメに説教せられたのが、くやしくて逃げたわけではありませんでした。まさしく自分は、ヒラメの言うとおり、気持のしっかりしていない男で、将来の方針も何も自分にはまるで見当がつかず、この上、ヒラメの家のやっかいになっているのは、ヒラメにも気の毒ですし、そのうちに、もし万一、自分にも発奮［＊161］の気持が起り、志を立てたところで、その更生資金をあの貧乏なヒラメから月々援助せられるのかと思うと、とても心苦しくて、いたたまらない気持になったからでした。

　しかし、自分は、いわゆる「将来の方針」を、堀木ごときに、相談に行こうなどと本気に思って、ヒラメの家を出たのでは無かったのでした。それは、ただ、わずかでも、つかのまでも、ヒラメに安心させて置きたくて、（その間に自分が、少しでも遠くへ逃げのびていたいという探偵小説的な策略から、そんな置手紙を書いた、というよりは、いや、そんな気持も幽《かす》かにあったに違いないのですが、それよりも、やはり自分は、いきなりヒラメにショックを与え、彼を混乱当惑させてしまうのが、おそろしかったばかりに、とでも言ったほうが、いくらか正確かも知れません。どうせ、ばれるにきまっているのに、そのとおりに言うのが、おそろしくて、必ず何かしら飾《かざ》りをつけるのが、自分の哀《かな》しい性癖《せいへき》の一つで、それは世間の人が「嘘《うそ》つき」と呼んで卑《いや》しめている性格に似ていながら、しかし、自分は自分に利益をもたらそうとしてその飾りつけを行った事はほとんど無く、ただ雰囲《ふんい》気《き》の興覚めた一変［＊162］が、窒息《ちっそく》するくらいにおそろしくて、後で自分に不利益になるという事がわかっていても、れいの自分の「必死の奉仕」、それはたといゆがめられ微弱で、馬鹿《ばか》らしいものであろうと、その奉仕の気持から、つい一言の飾りつけをしてしまうという場合が多かったような気もするのですが、しかし、この習性もまた、世間のいわゆる「正直者」たちから、大いに乗ぜられるところとなりました）その時、ふっと、記憶の底から浮んで来たままに堀木の住所と姓名を、用箋の端にしたためたまでの事だったのです。

自分はヒラメの家を出て、新宿まで歩き、懐中《かいちゅう》［＊163］の本を売り、そうして、やっぱり

＊161 発奮　気持ちを奮い起こして頑張ること。
＊162 一変　すっかり変わること。
＊163 懐中　懐やポケットの中。

途方にくれてしまいました。自分は、皆にあいそがいいかわりに、「友情」というものを、いちども実感した事が無く、堀木のような遊び友達は別として、いっさいの附合いは、ただ苦痛を覚えるばかりで、その苦痛をもみほぐそうとして懸命にお道化を演じて、かえって、へとへとになり、わずかに知り合っているひとの顔を、それに似た顔をさえ、往来などで見掛けても、ぎょっとして、一瞬、めまいするほどの不快な戦慄《せんりつ》に襲われる有様で、人に好かれる事は知っていても、人を愛する能力においては欠けているところがあるようでした。（もっとも、自分は、世の中の人間にだって、果して、「愛」の能力があるのかどうか、たいへん疑問に思っています）そのような自分に、いわゆる「親友」など出来るはずは無く、そのうえ自分には、「訪問《ヴィジット》」の能力さえ無かったのです。他人の家の門は、自分にとって、あの神曲［＊164］の地獄の門以上に薄気味わるく、その門の奥には、おそろしい竜みたいな生臭《なまぐさ》い奇獣《きじゅう》がうごめいている気配を、誇張《こちょう》［＊165］でなしに、実感せられていたのです。

誰とも、附合いが無い。どこへも、訪ねて行けない。

堀木。

それこそ、冗談から駒《こま》が出た形でした。あの置手紙に、書いたとおりに、自分は浅草の堀木をたずねて行く事にしたのです。自分はこれまで、自分のほうから堀木の家をたずねて行った事は、いちども無く、たいてい電報で堀木を自分のほうに呼び寄せていたのですが、いまはその電報料さえ心細く、それに落ちぶれた身のひがみから、電報を打っただけでは、堀木は、来てくれぬかも知れぬと考えて、何よりも自分に苦手の「訪問」を決意し、溜息《ためいき》をついて市電に乗り、自分にとって、この世の中でたった一つの頼みの綱《つな》は、あの堀木なのか、と思い知ったら、何か背筋《せすじ》の寒くなるような凄《すさま》じい気配に襲われました。

堀木は、在宅でした。汚い露路の奥の、二階家で、堀木は二階のたった一部屋の六畳を使い、下では、堀木の老父母と、それから若い職人と三人、下駄《げた》の鼻緒《はなお》を縫《ぬ》ったり叩《たた》いたりして製造しているのでした。

堀木は、その日、彼の都会人としての新しい一面を自分に見せてくれました。それは、

＊164 神曲　ダンテの長編叙事詩。
＊165 誇張　大げさな表現。

俗にいうチャッカリ性でした。田舎者の自分が、愕然《がくぜん》と眼をみはったくらいの、冷たく、ずるいエゴイズム［＊166］でした。自分のように、ただ、とめどなく流れるたちの男では無かったのです。

「お前には、全く呆《あき》れた。親爺《おやじ》さんから、お許しが出たかね。まだかい。」

逃げて来た、とは、言えませんでした。

自分は、れいによって、ごまかしました。いまに、すぐ、堀木に気附かれるに違いないのに、ごまかしました。

「それは、どうにかなるさ。」

「おい、笑いごとじゃ無いぜ。忠告するけど、馬鹿もこのへんでやめるんだな。おれは、きょうは、用事があるんだがね。この頃、ばかにいそがしいんだ。」

「用事って、どんな？」

「おい、おい、座蒲団《ざぶとん》の糸を切らないでくれよ。」

自分は話をしながら、自分の敷いている座蒲団の綴糸《とじいと》というのか、くくり紐《ひも》というのか、あの総《ふさ》のような四隅《すみ》の糸の一つを無意識に指先でもてあそび、ぐいと引っぱったりなどしていたのでした。堀木は、堀木の家の品物なら、座蒲団の糸一本でも惜しいらしく、恥じる色も無く、それこそ、眼に角《かど》を立て［*167］て、自分をとがめるのでした。考えてみると、堀木は、これまで自分との附合いにおいて何一つ失ってはいなかったのです．

堀木の老母が、おしるこを二つお盆《ぼん》に載せて持って来ました。

「あ、これは、」

と堀木は、しんからの孝行息子《こうこうむすこ》のように、老母に向って恐縮し、言葉づかいも不自然なくらい丁寧《ていねい》に、

「すみません、おしるこですか。豪気《ごうき》だなあ。こんな心配は、要らなかったんですよ。用事で、すぐ外出しなけれゃいけないんですから。いいえ、でも、せっかくのご自慢《じまん》のおし

*166 エゴイズム　利己主義。自分本位の考え方。
*167 眼に角を立て　目を釣り上げて怒った目つきになること。

ることを、もったいない。いただきます。お前も一つ、どうだい。おふくろが、わざわざ作ってくれたんだ。ああ、こいつあ、うめえや。豪気だなあ。」

と、まんざら芝居《しばい》でも無いみたいに、ひどく喜び、おいしそうに食べるのです。自分もそれを啜《すす》りましたが、お湯のにおいがして、そうして、お餅《もち》をたべたら、それはお餅でなく、自分にはわからないものでした。決して、その貧しさを軽蔑したのではありません。（自分は、その時それを、不味《まず》いとは思いませんでしたし、また、老母の心づくしも身にしみました。自分には、貧しさへの恐怖感はあっても、軽蔑感は、無いつもりでいます）あのおしるること、それから、そのおしるこを喜ぶ堀木によって、自分は、都会人のつましい［＊168］本性《ほんしょう》、また、内と外をちゃんと区別していとなんでいる東京の人の家庭の実体を見せつけられ、内も外も変わりなく、ただのべつ幕無し［＊169］に人間の生活から逃げ廻ってばかりいる薄馬鹿の自分ひとりだけ完全に取り残され、堀木にさえ見捨てられたような気配に、狼狽《ろうばい》［＊170］し、おしるこのはげた塗箸《ぬりばし》をあつかいながら、たまらなく侘《わ》びしい思いをしたという事を、記して置きたいだけなのです。

「わるいけれど、おれは、きょうは用事があるんでね。」

堀木は立って、上衣《うわぎ》を着ながらそう言い、

「失敬［＊171］するぜ、わるいけど。」

その時、堀木に女の訪問者があり、自分の身の上も急転［＊172］しました。

堀木は、にわかに活気づいて、

「や、すみません。いまね、あなたのほうへお伺《うかが》いしようと思っていたのですがね、このひとが突然やって来て、いや、かまわないんです。さあ、どうぞ。」

よほど、あわてているらしく、自分が自分の敷いている座蒲団をはずして裏がえしにして差し出したのを引ったくって、また裏がえしにして、その女のひとにすすめました。部屋には、堀木の座蒲団の他には、客座蒲団がたった一枚しか無かったのです。

＊168つましい　質素なこと。
＊169のべつ幕無し　ひっきりなしに休みなく続く様。
＊170狼狽　あわてふためく様子。
＊171失敬　失礼。
＊172急転　急変。

女のひとは痩《や》せて、背の高いひとでした。その座蒲団は傍にのけて、入口ちかくの片隅に坐《すわ》りました。

自分は、ぼんやり二人の会話を聞いていました。女は雑誌社のひとのようで、堀木にカットだか、何だかをかねて頼んでいたらしく、それを受取りに来たみたいな具合いでした。

「いそぎますので。」

「出来ています。もうとっくに出来ています。これです、どうぞ。」

電報が来ました。

堀木が、それを読み、上機嫌のその顔がみるみる険悪になり、

「ちぇっ！　お前、こりゃ、どうしたんだい。」

ヒラメからの電報でした。

「とにかく、すぐに帰ってくれ。おれが、お前を送りとどけるといいんだろうが、おれにはいま、そんなひまは、無《ね》えや。家出していながら、その、のんきそうな面《つら》ったら。」

「お宅は、どちらなのですか？」

「大久保です。」

ふいと答えてしまいました。

「そんなら、社の近くですから。」

女は、甲州《こうしゅう》の生れで二十八歳《さい》でした。五つになる女児と、高円寺のアパートに住んでいました。夫と死別して、三年になると言っていました。

「あなたは、ずいぶん苦労して育って来たみたいなひとね。よく気がきくわ。可哀《かわい》そうに。」

はじめて、男めかけみたいな生活をしました。シヅ子（というのが、その女記者の名前でした）が新宿の雑誌社に勤めに出たあとは、自分とそれからシゲ子という五つの女児と二人、おとなしくお留守番という事になりました。それまでは、母の留守には、シゲ子はアパートの管

理人の部屋で遊んでいたようでしたが、「気のきく」おじさんが遊び相手として現れたので、大いにご機嫌がいい様子でした。

一週間ほど、ぼんやり、自分はそこにいました。アパートの窓のすぐ近くの電線に、奴凧《やっこだこ》が一つひっからまっていて、春のほこり風に吹《ふ》かれ、破られ、それでもなかなか、しつっこく電線にからみついて離れず、何やら首肯《うなず》いたりなんかしているので、自分はそれを見るたびごとに苦笑し、赤面し、夢にさえ見て、うなされました。

「お金が、ほしいな。」

「……いくら位?」

「たくさん。……金の切れ目が、縁の切れ目、って、本当の事だよ。」

「ばからしい。そんな、古くさい、……」

「そう? しかし、君には、わからないんだ。このままでは、僕は、逃げる事にもなるかも知れない。」

「いったい、どっちが貧乏なのよ。そうして、どっちが逃げるのよ。へんねえ。」

「自分でかせいで、そのお金で、お酒、いや、煙草《たばこ》を買いたい。絵だって僕は、堀木なんかより、ずっと上手なつもりなんだ。」

このような時、自分の脳裡《のうり》におのずから浮びあがって来るものは、あの中学時代に画いた竹一のいわゆる「お化け」の、数枚の自画像でした。失われた傑作《けっさく》。それは、たびたびの引越《ひっこ》しの間に、失われてしまっていたのですが、あれだけは、たしかに優《すぐ》れている絵だったような気がするのです。その後、さまざま画いてみても、その思い出の中の逸品《いっぴん》には、遠く遠く及ばず、自分はいつも、胸がからっぽになるような、だるい喪失感《そうしつ》［＊173］になやまされ続けて来たのでした。

飲み残した一杯のアブサン［＊174］。

自分は、その永遠に償《つぐな》い難いような喪失感を、こっそりそう形容していました。絵の話が出ると、自分の眼前に、その飲み残した一杯のアブサンがちらついて来て、ああ、あの絵をこのひとに見せてやりたい、そうして、自分の画才を信じさせたい、という焦躁《しょうそう》に

＊173 喪失感　何かを失ったような気持ち。
＊174 アブサン　アルコールリキュールの一種。

もだえるのでした。

「ふふ、どうだか。あなたは、まじめな顔をして冗談を言うから可愛《かわい》い。」

冗談ではないのだ、本当なんだ、ああ、あの絵を見せてやりたい、と空転の煩悶《はんもん》〔＊175〕をして、ふいと気をかえ、あきらめて、

「漫画さ。すくなくとも、漫画なら、堀木よりは、うまいつもりだ。」

その、ごまかしの道化の言葉のほうが、かえってまじめに信ぜられました。

「そうね。私も、実は感心していたの。シゲ子にいつもかいてやっている漫画、つい私まで噴き出してしまう。やってみたら、どう？　私の社の編輯長《へんしゅうちょう》に、たのんでみてあげてもいいわ。」

その社では、子供相手のあまり名前を知られていない月刊の雑誌を発行していたのでした。

……あなたを見ると、たいていの女のひとは、何かしてあげたくて、たまらなくなる。……いつも、おどおどしていて、それでいて、滑稽家《こっけいか》〔＊176〕なんだもの。……時たま、ひとりで、ひどく沈《しず》んでいるけれども、そのさまが、いっそう女のひとの心を、かゆがらせ

る。

シヅ子に、そのほかさまざまの事を言われて、おだてられても、それが即《すなわ》ち男めかけ[＊177]のけがらわしい特質なのだ、と思えば、それこそいよいよ「沈む」ばかりで、一向に元気が出ず、女よりは金、とにかくシヅ子からのがれて自活したいとひそかに念じ、工夫しているものの、かえってだんだんシヅ子にたよらなければならぬ羽目になって、家出の後始末やら何やら、ほとんど全部、この男まさりの甲州女の世話を受け、いっそう自分は、シヅ子に対し、いわゆる「おどおど」しなければならぬ結果になったのでした。

シヅ子の取計らいで、ヒラメ、堀木、それにシヅ子、三人の会談が成立して、自分は、故郷から全く絶縁せられ、そうしてシヅ子と「天下晴れて」同棲《どうせい》という事になり、これまた、シヅ子の奔走《ほんそう》[＊178]のおかげで自分の漫画も案外お金になって、自分はそのお金で、

＊175 煩悶　苦しみ悩むこと。
＊176 滑稽家　おどけて、おもしろいことを言う人。
＊177 男めかけ　女に養われて夜の相手をする男。
＊178 奔走　あちこち駆け回ること。

お酒も、煙草も買いましたが、自分の心細さ、うっとうしさは、いよいよつのるばかりなのでした。それこそ「沈み」に「沈み」切って、シヅ子の雑誌の毎月の連載漫画「キンタさんとオタさんの冒険」を画いていると、ふいと故郷の家が思い出され、あまりの侘びしさに、ペンが動かなくなり、うつむいて涙をこぼした事もありました。

そういう時の自分にとって、幽《かす》かな救いは、シゲ子でした。シゲ子は、その頃になって自分の事を、何もこだわらずに「お父《とう》ちゃん」と呼んでいました。

「お父ちゃん。お祈《いの》りをすると、神様が、何でも下さるって、ほんとう？」

自分こそ、そのお祈りをしたいと思いました。

ああ、われに冷たき意志を与え給《たま》え。われに、「人間」の本質を知らしめ給え。人が人

を押しのけても、罪ならずや。われに、怒りのマスクを与え給え。

「うん、そう。シゲちゃんには何でも下さるだろうけども、お父ちゃんには、駄目《だめ》かも知れない。」

自分は神にさえ、おびえていました。神の愛は信ぜられず、神の罰《ばつ》だけを信じているのでした。信仰《しんこう》。それは、ただ神の笞《むち》を受けるために、うなだれて審判の台に向う事のような気がしているのでした。地獄は信ぜられても、天国の存在は、どうしても信ぜられなかったのです。

「どうして、ダメなの？」

「親の言いつけに、そむいたから。」

「そう？　お父ちゃんはとてもいいひとだって、みんな言うけどな。」

それは、だましているからだ、このアパートの人たち皆に、自分が好意を示されているのは、自分も知っている、しかし、自分は、どれほど皆を恐怖しているか、恐怖すればするほど好かれ、そうして、こちらは好かれると好かれるほど恐怖し、皆から離れて行かねばならぬ、この不幸な病癖《びょうへき》を、シゲ子に説明して聞かせるのは、至難の事でした。

「シゲちゃんは、いったい、神様に何をおねだりしたいの？」

自分は、何気無さそうに話頭を転じました。

「シゲ子はね、シゲ子の本当のお父ちゃんがほしいの。」

ぎょっとして、くらくら目まいしました。敵。自分がシゲ子の敵なのか、シゲ子が自分の敵なのか、とにかく、ここにも自分をおびやかすおそろしい大人《おとな》がいたのだ、他人、不可解な他人、秘密だらけの他人、シゲ子の顔が、にわかにそのように見えて来ました。

シゲ子だけは、と思っていたのに、やはり、この者も、あの「不意に虻《あぶ》を叩《たた》き殺す牛のしっぽ」を持っていたのでした。自分は、それ以来、シゲ子にさえおどおどしなければならなくなりました。

「色魔《しきま》［*179］！　いるかい？」

堀木が、また自分のところへたずねて来るようになっていたのです。あの家出の日に、あれほど自分を淋《さび》しくさせた男なのに、それでも自分は拒否できず、幽かに笑って迎《むか》えるのでした。

「お前の漫画は、なかなか人気が出ているそうじゃないか。アマチュアには、こわいもの知らずの糞度胸《くそどきょう》があるからかなわねえ。しかし、油断するなよ。デッサンが、ちっともなってやしないんだから」

お師匠《ししょう》みたいな態度をさえ示すのです。自分のあの「お化け」の絵を、こいつに見せたら、どんな顔をするだろう、とれいの空転の身悶《みもだ》えをしながら、

「それを言ってくれるな。ぎゃっという悲鳴が出る。」

堀木は、いよいよ得意そうに、

「世渡りの才能だけでは、いつかは、ボロが出るからな。」

世渡りの才能。……自分には、ほんとうに苦笑の他はありませんでした。自分に、世渡りの才能！　しかし、自分のように人間をおそれ、避け、ごまかしているのは、れいの俗《ぞく》諺《げん》［＊180］の「さわらぬ神にたたりなし」とかいう怜悧狡猾《れいりこうかつ》［＊181］の処生訓を遵奉《じゅんぽう》［＊182］し

＊179色魔　女ったらし。
＊180俗諺　俗世間のことわざ。
＊181怜悧狡猾　頭の働きが優れていて、悪賢いこと。
＊182遵奉　法律や教養などに従い、守ること。

ているのと、同じ形だ、という事になるのでしょうか。ああ、人間は、お互い何も相手をわからない、まるっきり間違って見ていながら、無二の親友のつもりでいて、一生、それに気附かず、相手が死ねば、泣いて弔詞《ちょうし》［＊183］なんかを読んでいるのではないでしょうか。

堀木は、何せ、（それはシヅ子に押してたのまれてしぶしぶ引き受けたに違いないのですが）自分の家出の後始末に立ち会ったひとなので、まるでもう、自分の更生の大恩人か、月下氷人《げっかひょうじん》［＊184］のように振舞い、もっともらしい顔をして自分にお説教めいた事を言ったり、また、深夜、酔っぱらって訪問して泊《とま》ったり、また、五円（きまって五円でした）借りて行ったりするのでした。

「しかし、お前の、女道楽もこのへんでよすんだね。これ以上は、世間が、ゆるさないからな。」

世間とは、いったい、何の事でしょう。人間の複数でしょうか。どこに、その世間というものの実体があるのでしょう。けれども、何しろ、強く、きびしく、こわいもの、とばかり思ってこれまで生きて来たのですが、しかし、堀木にそう言われて、ふと、

「世間というのは、君じゃないか。」

という言葉が、舌の先まで出かかって、堀木を怒らせるのがイヤで、ひっこめました。

（それは世間が、ゆるさない。）

（世間じゃない。あなたが、ゆるさないのでしょう？）

（そんな事をすると、世間からひどいめに逢《あ》うぞ。）

（世間じゃない。あなたでしょう？）

（いまに世間から葬《ほうむ》られる。）

（世間じゃない。葬るのは、あなたでしょう？）

汝《なんじ》は、汝個人のおそろしさ、怪奇、悪辣《あくらつ》［＊185］、古狸性《ふるだぬき》［＊186］、妖婆性《ようば》［＊187］を知れ！

などと、さまざまの言葉が胸中に去来［＊188］したのですが、自分は、ただ顔の汗をハンケ

＊183 弔詞　弔辞。死を悼み悲しむ気持ちを表した文。
＊184 月下氷人　仲人。媒酌人。
＊185 悪辣　タチが悪い様。
＊186 古狸性　年を経た狸のようなずる賢さ。
＊187 妖婆性　妖怪めいた老女のような怪しさ。

チで拭《ふ》いて、

「冷汗《ひやあせ》、冷汗。」

と言って笑っただけでした。

けれども、その時以来、自分は、（世間とは個人じゃないか）という、思想めいたものを持つようになったのです。

そうして、世間というものは、個人ではなかろうかと思いはじめてから、自分は、いままでよりは多少、自分の意志で動く事が出来るようになりました。シヅ子の言葉を借りて言えば、自分は少しわがままになり、おどおどしなくなりました。また、堀木の言葉を借りて言えば、へんにケチになりました。また、シゲ子の言葉を借りて言えば、あまりシゲ子を可愛《かわい》がらなくなりました。

無口で、笑わず、毎日毎日、シゲ子のおもりをしながら、「キンタさんとオタさんの冒

険」やら、またノンキなトウサンの歴然〔＊189〕たる亜流《ありゅう》〔＊190〕の「ノンキ和尚《おしょう》」やら、また、「セッカチピンチャン」という自分ながらわけのわからぬヤケクソの題の連載漫画やらを、各社のご注文（ぽつりぽつり、シヅ子の社の他からも注文が来るようになっていましたが、すべてそれは、シヅ子の社よりも、もっと下品な謂《い》わば三流出版社からの注文ばかりでした）に応じ、実に実に陰鬱《いんうつ》な気持で、のろのろと、（自分の画の運筆は、非常におそいほうでした）いまはただ、酒代がほしいばかりに画いて、そうして、シヅ子が社から帰るとそれと交代にぷいと外へ出て、高円寺の駅近くの屋台やスタンド・バアで安くて強い酒を飲み、少し陽気になってアパートへ帰り、

「見れば見るほど、へんな顔をしているねえ、お前は。ノンキ和尚の顔は、実は、お前の寝顔からヒントを得たのだ。」

＊188去来　行き来すること。
＊189歴然　はっきり明白な様子。
＊190亜流　オリジナリティがなく、模倣に終始すること。

「あなたの寝顔だって、ずいぶんお老《ふ》けになりましてよ。四十男みたい。」

「お前のせいだ。吸い取られたんだ。水の流れと、人の身はあサ。何をくよくよ川端《かわばた》やなあぎいサ。」

「騒がないで、早くおやすみなさいよ。それとも、ごはんをあがりますか?」

落ちついていて、まるで相手にしません。

「酒なら飲むがね。水の流れと、人の身はあサ。人の流れと、いや、水の流れえと、水の身はあサ。」

唄《うた》いながら、シヅ子に衣服をぬがせられ、シヅ子の胸に自分の額を押しつけて眠ってしまう、それが自分の日常でした。

してその翌日《あくるひ》も同じ事を繰返《くりかえ》して、
昨日《きのう》に異《かわ》らぬ慣例《しきたり》に従えばよい。
即《すなわ》ち荒っぽい大きな歓楽《よろこび》を避《よ》けてさえいれば、
自然また大きな悲哀《かなしみ》もやって来《こ》ないのだ。

ゆくてを塞《ふさ》ぐ邪魔な石を
蟾蜍《ひきがえる》は廻って通る。

上田敏訳のギイ・シャルル・クロオとかいうひとの、こんな詩句を見つけた時、自分はひとりで顔を燃えるくらいに赤くしました。

蟾蜍《ひきがえる》。

（それが、自分だ。世間がゆるすも、ゆるさぬもない。葬るも、葬らぬもない。自分は、犬よりも猫よりも劣等な動物なのだ。蟾蜍。のそのそ動いているだけだ。）

自分の飲酒は、次第に量がふえて来ました。高円寺駅附近だけでなく、新宿、銀座のほうにまで出かけて飲み、外泊《がいはく》する事さえあり、ただもう「慣例《しきたり》」に従わぬよう、バアで無《ぶ》頼漢《らいかん》の振りをしたり、片端からキスしたり、つまり、また、あの情死以前の、いや、あの頃よりさらに荒《すさ》んで野卑《やひ》な酒飲みになり、金に窮《きゅう》して［＊191］、シヅ子の衣類を持ち出すほ

＊191　窮して　足りなくて苦しむ。

どになりました。

ここへ来て、あの破れた奴凧《やっこだこ》に苦笑してから一年以上経《た》って、葉桜の頃、自分は、またもシヅ子の帯やら襦袢《じゅばん》［＊192］やらをこっそり持ち出して質屋に行き、お金を作って銀座で飲み、二晩つづけて外泊して、三日目の晩さすがに具合い悪い思いで、無意識に足音をしのばせて、アパートのシヅ子の部屋の前まで来ると、中から、シヅ子とシゲ子の会話が聞えます。

「なぜ、お酒を飲むの？」

「お父ちゃんはね、お酒を好きで飲んでいるのでは、ないんですよ。あんまりいいひとだから、だから、……」

「いいひとは、お酒を飲むの？」

「そうでもないけど、……」

「お父ちゃんは、きっと、びっくりするわね。」

「おきらいかも知れない。ほら、ほら、箱から飛び出した。」

「セッカチピンチャンみたいね。」

「そうねえ。」

シヅ子の、しんから幸福そうな低い笑い声が聞えました。

自分が、ドアを細くあけて中をのぞいて見ますと、白兎《しろうさぎ》の子でした。ぴょんぴょん部屋中を、はね廻り、親子はそれを追っていました。

（幸福なんだ、この人たちは。自分という馬鹿《ばか》者《もの》が、この二人のあいだにはいって、いまに二人を滅茶苦茶《めちゃくちゃ》にするのだ。つつましい幸福。いい親子。幸福を、ああ、もし神様が、自分のような者の祈りでも聞いてくれるなら、いちどだけ、生涯にいちどだけでいい、祈る。）

＊192 襦袢　下着。

お父ちゃんが描いた
セッカチピンチャンみたいね
そうねえ

自分は、そこにうずくまって合掌《がっしょう》したい気持でした。そっと、ドアを閉め、自分は、また銀座に行き、それっきり、そのアパートには帰りませんでした。

そうして、京橋のすぐ近くのスタンド・バアの二階に自分は、またも男めかけの形で、寝そべる事になりました。

世間。どうやら自分にも、それがぼんやりわかりかけて来たような気がしていました。個人と個人の争いで、しかも、その場の争いで、しかも、その場で勝てばいいのだ、人間は決して人間に服従しない、奴隷《どれい》でさえ奴隷らしい卑屈《ひくつ》なシッペがえし［＊193］をするものだ、だから、人間にはその場の一本勝負にたよる他、生き伸びる工夫がつかぬのだ、大義《たいぎ》名分《めいぶん》［＊194］らしいものを称《とな》えていながら、努力の目標は必ず個人、個人を乗り越えてまた個人、世間の難解は、個人の難解、大洋《オーシャン》は世間でなくて、個人なのだ、と世の中という大海の幻影《げんえい》におびえる事から、多少解放せられて、以前ほど、あれこれと際限の無い心遣《こころづか》いする事なく、謂わば差し当っての必要に応じて、いくぶん図々《ずうずう》しく振舞う事を覚えて来たのです。

高円寺のアパートを捨て、京橋のスタンド・バアのマダムに、

「わかれて来た。」

それだけ言って、それで充分、つまり一本勝負はきまって、その夜から、自分は乱暴にもそこの二階に泊《とま》り込む事になったのですが、しかし、おそろしいはずの「世間」は、自分に何の危害も加えませんでしたし、また自分も「世間」に対して何の弁明もしませんでした。マダムが、その気だったら、それですべてがいいのでした。

自分は、その店のお客のようでもあり、亭主《ていしゅ》のようでもあり、走り使いのようでもあり、親戚《しんせき》の者のようでもあり、はたから見て甚《はなは》だ得態《えたい》［＊195］の知れない存在だったはずなのに、「世間」は少しもあやしまず、そうしてその店の常連たちも、自分を、葉ちゃん、葉ちゃんと呼んで、ひどく優《やさ》しく扱《あつか》い、そうしてお酒を飲ませてくれるのでした。

自分は世の中に対して、次第《しだい》に用心しなくなりました。世の中というところは、そんな

＊193シッペがえし　やられた時、即座にやりかえすこと。
＊194大義名分　何かことをなすにあたっての根拠。やましくない口実。
＊195得態　真の姿。正体。

に、おそろしいところでは無い、と思うようになりました。つまり、これまでの自分の恐怖感は、春の風には百日咳《ひゃくにちぜき》の黴菌《ばいきん》が何十万、銭湯《せんとう》には、目のつぶれる黴菌が何十万、床屋には禿頭病《とくとう》［＊196］の黴菌が何十万、省線《しょうせん》［＊197］の吊皮《つりかわ》には疥癬《かいせん》［＊198］の虫がうようよ、または、おさしみ、牛豚肉の生焼けには、さなだ虫［＊199］の幼虫やら、ジストマ［＊200］やら、何やらの卵などが必ずひそんでいて、また、はだしで歩くと足の裏からガラスの小さい破片がはいって、その破片が体内を駈けめぐり眼玉を突いて失明させる事もあるとかいう謂わば「科学の迷信」におびやかされていたようなものなのでした。それは、たしかに何十万もの黴菌の浮び泳ぎうごめいているのは、「科学的」にも、正確な事でしょう。と同時に、その存在を完全に黙殺さえすれば、それは自分とみじんのつながりも無くなってたちまち消え失《う》せる「科学の幽霊《ゆうれい》」に過ぎないのだという事をも、自分は知るようになったのです。お弁当箱に食べ残しのごはん三粒、千万人が一日に三粒ずつ食べ残してもすでにそれは、米何俵をむだに捨てた事になる、とか、あるいは、一日に鼻紙一枚の節約を千万人が行うならば、どれだけのパルプが浮くか、などという「科学的統計」に、自分は、どれだけおびやかされ、ごはんを一粒でも食べ残すたびごとに、また鼻をかむたびごとに、山ほどの米、山ほどのパルプを空費するような錯覚《さっかく》に悩み、自分がいま重大な罪を犯しているみたいな暗い気持になったものですが、しかし、それこそ「科学の嘘《うそ》」「統計の嘘」「数学の嘘」で、三粒のごはんは集められるものでなく、掛算割算の応用問題としても、まことに原始的で低能なテーマで、電気のついてない暗いお便所の、あの穴に人は何度にいちど片脚《かたあし》を踏《ふ》みはずして落下させるか、または、省線電車の出入口と、プラットフォームの縁《へり》とのあの隙間《すきま》に、乗客の何人中の何人が足を落し込むか、そんなプロバビリティ［＊201］を計算するのと同じ程度にばからしく、それはいかにも有り得る事のようでもありながら、お便所の穴をまたぎそこねて怪我をしたという例は、少しも聞かないし、そんな

＊196禿頭病　脱毛症。
＊197省線　鉄道線。
＊198疥癬　疥癬虫の寄生によって起こる伝染病の皮膚病。
＊199さなだ虫　寄生虫の一種。
＊200ジストマ　二口虫。寄生虫の一種。
＊201プロバビリティ　蓋然性。確率。公算。

仮説を「科学的事実」として教え込まれ、それを全く現実として受け取り、恐怖していた昨日までの自分をいとおしく思い、笑いたく思ったくらいに、自分は、世の中というものの実体を少しずつ知って来たというわけなのでした。

そうは言っても、やはり人間というものが、まだまだ、自分にはおそろしく、店のお客と逢《あ》うのにも、お酒をコップで一杯ぐいと飲んでからでなければいけませんでした。こわいもの見たさ。自分は、毎晩、それでもお店に出て、子供が、実は少しこわがっている小動物などを、かえって強くぎゅっと握《にぎ》ってしまうみたいに、店のお客に向って酔ってつたない芸術論を吹きかけるようにさえなりました。

漫画家。ああ、しかし、自分は、大きな歓楽《よろこび》も、また、大きな悲哀《かなしみ》もない無名の漫画家。いかに大きな悲哀《かなしみ》があとでやって来てもいい、荒っぽい大きな歓楽《よろこび》が欲しいと内心あせってはいても、自分の現在のよろこびたるや、お客とむだ事を言い合い、お客の酒を飲む事だけでした。

京橋へ来て、こういうくだらない生活をすでに一年ちかく続け、自分の漫画も、子供相手の雑誌だけでなく、駅売りの粗悪で卑猥《ひわい》な雑誌などにも載るようになり、自分は、上司幾太（情死、生きた）という、ふざけ切った匿名《とくめい》で、汚いはだかの絵など画き、それにたいていルバイヤット［＊202］の詩句を挿入《そうにゅう》しました。

無駄な御祈りなんか止《よ》せったら
涙を誘うものなんか　かなぐりすてろ
まア一杯いこう　好《よ》いことばかり思出して
よけいな心づかいなんか忘れっちまいな

不安や恐怖もて人を脅《おび》やかす奴輩《やから》は
自《みずから》の作りし大それた罪に怯《おび》え
死にしものの復讐《ふくしゅう》に備えんと
自《みずから》の頭にたえず計《はから》いを為《な》す

＊202 ルバイヤット　11世紀ペルシアの詩人。ウマル・ハイヤーンの四行詩集。「ルバイヤート」ともいう。

よべ　酒充《み》ちて我《わ》がハートは喜びに充ち
けさ　さめて只《ただ》に荒涼
いぶかし　一夜《ひとよ》さの中
様変りたる此《この》気分よ

祟《たた》りなんて思うこと止《や》めてくれ
遠くから響く太鼓《たいこ》のように
何がなし［＊203］そいつは不安だ
屁《へ》ひったこと迄《まで》一々罪に勘定されたら助からんわい

正義は人生の指針たりとや？
さらば血に塗《ぬ》られたる戦場に
暗殺者の切尖《きっさき》［＊204］に

何の正義か宿れるや?

いずこに指導原理[＊205]ありや?
いかなる叡智《えいち》[＊206]の光ありや?
美しくも怖《おそろ》しきは浮世[＊207]なれ
かよわき人の子は背負《せお》い切れぬ荷をば負わされて

どうにもできない情慾《じょうよく》の種子を植えつけられた許《ばか》りに
善だ悪だ罪だ罰だと呪《のろ》わるるばかり

＊203 何がなし　なんとなく。
＊204 切尖　刃物の先端部分。
＊205 指導原理　行為や運動の基準となる理論。
＊206 叡智　すぐれた知性。
＊207 浮世　つらくはかない世の中。

どうにもできない只まごつくばかり
抑《おさ》え摧《くだ》く力も意志も授けられぬ許りに

どこをどう彷徨《うろつき》まわってたんだい
ナニ批判　検討　再認識？
ヘッ　空《むな》しき夢を　ありもしない幻《まぼろし》を
エヘッ　酒を忘れたんで　みんな虚仮《こけ》［＊208］の思案さ

どうだ　此涯《このはて》もない大空を御覧《ごらん》よ
此中にポッチリ浮んだ点じゃい
此地球が何んで自転するのか分るもんか
自転　公転　反転も勝手ですわい
到る処《ところ》に　至高［＊209］の力を感じ

あらゆる国にあらゆる民族に
同一の人間性を発見する
我《われ》は異端者なりとかや

みんな聖経《せいきょう》［*210］をよみ違えてんのよ
でなきゃ常識も智慧《ちえ》もないのよ
生身《いきみ》の喜びを禁じたり　酒を止《や》めたり
いいわ　ムスタッファ　わたしそんなの　大嫌い

けれども、その頃、自分に酒を止《や》めよ、とすすめる処女がいました。

*208 虚仮　愚かなこと。愚かな人。
*209 至高　この上もなく優れていること。
*210 聖経　聖人の教えが述べられている書物。

「いけないわ、毎日、お昼から、酔っていらっしゃる。」

バアの向いの、小さい煙草屋《たばこや》の十七、八の娘でした。ヨシちゃんと言い、色の白い、八重歯《やえば》のある子でした。自分が、煙草を買いに行くたびに、笑って忠告するのでした。

「なぜ、いけないんだ。どうして悪いんだ。あるだけの酒をのんで、人の子よ、憎悪《ぞうお》を消せ消せ消せ、ってね、むかしペルシャのね、まあよそう、悲しみ疲れたるハートに希望を持ち来すは、ただ微醺《びくん》［＊211］をもたらす玉杯［＊212］なれ、ってね。わかるかい。」

「わからない。」

「この野郎《やろう》。キスしてやるぞ。」

「してよ。」

ちっとも悪びれず下唇《したくちびる》を突き出すのです。

「馬鹿野郎。貞操《ていそう》観念［＊213］、……」

しかし、ヨシちゃんの表情には、あきらかに誰にも汚されていない処女のにおいがしていました。

としが明けての厳寒の夜、自分は酔って煙草を買いに出て、その煙草屋の前のマンホールに落ちて、ヨシちゃん、たすけてくれえ、と叫び、ヨシちゃんに引き上げられ、右腕の傷の手当を、ヨシちゃんにしてもらい、その時ヨシちゃんは、しみじみ、

「飲みすぎますわよ。」

と笑わずに言いました。

自分は死ぬのは平気なんだけど、怪我をして出血してそうして不具者などになるのは、まっぴらごめんのほうですので、ヨシちゃんに腕の傷の手当をしてもらいながら、酒も、もういい加減によそうかしら、と思ったのです。

「やめる。あしたから、一滴《てき》も飲まない。」

「ほんとう?」

「きっと、やめる。やめたら、ヨシちゃん、僕のお嫁《よめ》になってくれるかい?」

*211微醺　ほろ酔い。
*212玉杯　玉で作った杯。杯の美称。
*213貞操観念　女性の純潔に対する道徳的な考え方。

しかし、お嫁の件は冗談でした。

「モチよ。」

モチとは、「勿論《もちろん》」の略語でした。モボだの、モガだの、その頃いろんな略語がはやっていました。

「ようし。ゲンマンしよう。きっとやめる。」

そうして翌《あく》る日、自分は、やはり昼から飲みました。

夕方、ふらふら外へ出て、ヨシちゃんの店の前に立ち、

「ヨシちゃん、ごめんね。飲んじゃった。」

「あら、いやだ。酔った振りなんかして。」

ハッとしました。酔いもさめた気持でした。

「いや、本当なんだ。本当に飲んだのだよ。酔った振りなんかしてるんじゃない。」

「からかわないでよ。ひとがわるい。」

てんで疑おうとしないのです。

「見ればわかりそうなものだ。きょうも、お昼から飲んだのだ。ゆるしてね。」

「お芝居が、うまいのねえ。」

「芝居じゃあないよ、馬鹿野郎。キスしてやるぞ。」

「してよ。」

「いや、僕には資格が無い。お嫁にもらうのもあきらめなくちゃならん。顔を見なさい、赤いだろう？　飲んだのだよ。」

「それあ、夕陽《ゆうひ》が当っているからよ。かつごうたって、だめよ。きのう約束したんですもの。飲むはずが無いじゃないの。ゲンマンしたんですもの。飲んだなんて、ウソ、ウソ、ウソ。」

薄暗い店の中に坐《すわ》って微笑しているヨシちゃんの白い顔、ああ、よごれを知らぬヴァジニティ［*214］は尊いものだ、自分は今まで、自分よりも若い処女と寝た事がない、結婚しよう、どんな大きな悲哀《かなしみ》がそのために後からやって来てもよい、荒っぽいほどの大きな

*214 ヴァジニティ　処女。処女性。純潔で清らかなこと。

歓楽を、生涯にいちどでいい、処女性の美しさとは、それは馬鹿な詩人の甘い感傷の幻に過ぎぬと思っていたけれども、やはりこの世の中に生きて在るものだ、結婚して春になったら二人で自転車で青葉の滝を見に行こう、と、その場で決意し、いわゆる「一本勝負」で、その花を盗むのにためらう事をしませんでした。

そうして自分たちは、やがて結婚して、それによって得た歓楽《よろこび》は、必ずしも大きくはありませんでしたが、その後に来た悲哀《かなしみ》は、凄惨《せいさん》と言っても足りないくらい、実に想像を絶して、大きくやって来ました。自分にとって、「世の中」は、やはり底知れず、おそろしいところでした。決して、そんな一本勝負などで、何から何まできまってしまうような、なまやさしいところでも無かったのでした。

第三の手記 2

堀木と自分。

互いに軽蔑《けいべつ》しながら附き合い、そうして互いに自《みずか》らをくだらなくして行く、それがこの世のいわゆる「交友」というものの姿だとするなら、自分と堀木との間柄も、まさしく「交友」に違いありませんでした。

自分があの京橋のスタンド・バアのマダムの義俠心《ぎきょうしん》[＊215]にすがり、(女のひとの義俠心なんて、言葉の奇妙な遣《つか》い方ですが、しかし、自分の経験によると、少なくとも都会の男女の場合、男よりも女のほうが、その、義俠心とでもいうべきものをたっぷりと持っていました。男はたいてい、おっかなびっくりで、おていさいばかり飾り、そうして、ケチでした)あの煙草屋のヨシ子を内縁の妻にする事が出来て、そうして築地《つきじ》、隅田川《すみだがわ》の近く、木造の二階建ての小さいアパートの階下の一室を借り、ふたりで住み、酒は止めて、そろそろ自分の定った職業になりかけて来た漫画の仕事に精を出し、夕食後は二人で映画を見に出かけ、帰りには、喫茶店などにはいり、また、花の鉢を買ったりして、いや、それよりも自分をしんから信頼してくれているこの小さい花嫁の言葉を聞き、動作を見ているのが楽しく、これは自分もひょっとしたら、いまにだんだん人間らしいものになる事が出来て、悲惨な死に方などせずにすむのではなかろうかという甘い思いを幽《かす》かに胸にあたためはじめていた矢先に、堀木がまた自分の眼前に現われました。

「よう！　色魔。おや？　これでも、いくらか分別《ふんべつ》くさい顔になりやがった。きょうは、高円寺女史からのお使者なんだがね、」

と言いかけて、急に声をひそめ、お勝手でお茶の仕度《したく》をしているヨシ子のほうを顎《あご》でしゃくって、大丈夫かい？　とたずねますので、

「かまわない。何を言ってもいい。」

と自分は落ちついて答えました。

じっさい、ヨシ子は、信頼の天才と言いたいくらい、京橋のバアのマダムとの間はもとより、自分が鎌倉で起した事件を知らせてやっても、ツネ子との間を疑わず、それは

＊215 義侠心　強者を抑え、弱者を助ける心。

自分が嘘《うそ》がうまいからというわけでは無く、時には、あからさまな言い方をする事さえあったのに、ヨシ子には、それがみな冗談としか聞きとれぬ様子でした。

「相変らず、しょってていやがる。なに、たいした事じゃないがね、たまには、高円寺のほうへも遊びに来てくれっていうご伝言さ。」

忘れかけると、怪鳥が羽ばたいてやって来て、記憶の傷口をその嘴《くちばし》で突き破ります。たちまち過去の恥と罪の記憶が、ありありと眼前に展開せられ、わあっと叫びたいほどの恐怖で、坐っておられなくなるのです。

「飲もうか。」

と自分。

「よし。」

と堀木。

自分と堀木。形は、ふたり似ていました。そっくりの人間のような気がする事もありました。もちろんそれは、安い酒をあちこち飲み歩いている時だけの事でしたが、とにかく、ふたり顔を合せると、みるみる同じ形の同じ毛並の犬に変り降雪のちまたを駈《か》けめぐるという具合いになるのでした。

その日以来、自分たちは再び旧交をあたためたという形になり、京橋のあの小さいバアにも一緒に行き、そうして、とうとう、高円寺のシヅ子のアパートにもその泥酔《でいすい》の二匹の犬が訪問し、宿泊して帰るなどという事にさえなってしまったのです。

忘れも、しません、むし暑い夏の夜でした。堀木は日暮れ頃、よれよれの浴衣《ゆかた》を着て築地の自分のアパートにやって来て、きょうある必要があって夏服を質入れしたが、その質入れが老母に知れるとまことに具合いが悪い、すぐ受け出したいから、とにかく金を貸してくれ、という事でした。あいにく自分のところにも、お金が無かったので、例によって、ヨシ子に言いつけ、ヨシ子の衣類を質屋に持って行かせて、お金を作り、堀木に貸しても、まだ少し余るのでその残金でヨシ子に焼酎《しょうちゅう》を買わせ、アパートの屋上に行き、隅田川から時たま幽かに吹いて来るどぶ臭《くさ》い風を受けて、まことに薄汚い納涼の宴を張りました。

自分たちはその時、喜劇名詞、悲劇名詞の当てっこをはじめました。これは、自分の発明した遊戯で、名詞には、すべて男性名詞、女性名詞、中性名詞などの別があるけれども、それと同時に、喜劇名詞、悲劇名詞の区別があって然《しか》るべきだ、たとえば、汽船と汽車はいずれも悲劇名詞で、市電とバスは、いずれも喜劇名詞、なぜそうなのか、それのわからぬ者は芸術を談ずるに足らん、喜劇に一個でも悲劇名詞をさしはさんでいる劇作家は、すでにそれだけで落第、悲劇の場合もまた然り、といったようなわけなのでした。

「いいかい？　煙草は？」

と自分が問います。

「トラ。（悲劇《トラジディ》の略）」

と堀木が言下《げんか》に答えます。

「薬は？」

「粉薬かい？　丸薬かい？」

「注射。」

「トラ。」

「そうかな？　ホルモン注射もあるしねえ。」

「いや、断然トラだ。針が第一、お前、立派なトラじゃないか。」

「よし、負けて置こう。しかし、君、薬や医者はね、あれで案外、コメ（喜劇《コメディ》の略）なんだぜ。死は？」

「コメ。牧師も和尚《おしょう》も然りじゃね。」

「大出来。そうして、生はトラだなあ。」

「ちがう。それも、コメ。」

「いや、それでは、何でもかでも皆コメになってしまう。ではね、もう一つおたずねするが、漫画家は？　よもや、コメとは言えませんでしょう？」

「トラ、トラ。大悲劇名詞！」

「なんだ、大トラは君のほうだぜ。」

こんな、下手な駄洒落《だじゃれ》みたいな事になってしまっては、つまらないのですけど、しかし自分たちはその遊戯を、世界のサロンにもかつて存しなかったすこぶる気のきいたものだと得意がっていたのでした。

またもう一つ、これに似た遊戯を当時、自分は発明していました。それは、対義語《アントニム》「＊216」の当てっこでした。黒のアント（対義語《アントニム》の略）は、白。けれども、白のアントは赤。赤のアントは、黒。

「花のアントは？」

と自分が問うと、堀木は口を曲げて考え、

「ええっと、花月という料理屋があったから、月だ。」

「いや、それはアントになっていない。むしろ、同義語《シノニム》〔＊217〕だ。星と菫《すみれ》だって、シノニムじゃないか。アントでない。」

「わかった、それはね、蜂《はち》だ。」

「ハチ？」

「牡丹《ぼたん》に、……蟻《あり》か？」

「なあんだ、それは画題《モチイフ》〔＊218〕だ。ごまかしちゃいけない。」

「わかった！　花にむら雲、……」

「月にむら雲だろう。」

「そう、そう。花に風。風だ。花のアントは、風。」

「まずいなあ、それは浪花節《なにわぶし》の文句じゃないか。おさとが知れるぜ。」

「いや、琵琶《びわ》だ。」

「なおいけない。花のアントはね、……およそこの世で最も花らしくないもの、それをこそ挙げるべきだ。」

「だから、その、……待てよ、なあんだ、女か。」

「ついでに、女のシノニムは？」

「臓物。」

「君は、どうも、詩《ポエジイ》を知らんね。それじゃあ、臓物のアントは？」

「牛乳。」

「これは、ちょっとうまいな。その調子でもう一つ。恥。オントのアント。」

「恥知らずさ。流行漫画家上司幾太。」

「堀木正雄は？」

＊216対義語　同一の言語の中で、持つ意味が反対の語。
＊217同義語　発音や表記は異なるが、意味が同じ語。
＊218画題　絵の主題。題名。

この辺から二人だんだん笑えなくなって、焼酎の酔い特有の、あのガラスの破片が頭に充満しているような、陰鬱《いんうつ》な気分になって来たのでした。

「生意気言うな。おれはまだお前のように、縄目の恥辱《ちじょく》［＊219］など受けた事が無えんだ。」

ぎょっとしました。堀木は内心、自分を、真人間［＊220］あつかいにしていなかったのだ、自分をただ、死にぞこないの、恥知らずの、阿呆《あほう》のばけものの、謂《い》わば「生ける屍《しかばね》」としか解してくれず、そうして、彼の快楽のために、自分を利用できるところだけは利用する、それっきりの「交友」だったのだ、と思ったら、さすがにいい気持はしませんでしたが、しかしまた、堀木が自分をそのように見ているのも、もっともな話で、自分は昔から、人間の資格の無いみたいな子供だったのだ、やっぱり堀木にさえ軽蔑《けいべつ》せられて至当なのかも知れない、と考え直し、

「罪。罪のアントニムは、何だろう。これは、むずかしいぞ。」

と何気無さそうな表情を装《よそお》って、言うのでした。

「法律さ。」

堀木が平然とそう答えましたので、自分は堀木の顔を見直しました。近くのビルの明滅

するネオンサインの赤い光を受けて、堀木の顔は、鬼刑事の如《ごと》く威厳ありげに見えました。

自分は、つくづく呆《あき》れかえり、

「罪ってのは、君、そんなものじゃないだろう。」

罪の対義語が、法律とは！ しかし、世間の人たちは、みんなそれくらいに簡単に考えて、澄まして暮しているのかも知れません。刑事のいないところにこそ罪がうごめいている、と。

「それじゃあ、なんだい、神か？ お前には、どこかヤソ坊主《ぼうず》［＊221］くさいところがあるからな。いや味だぜ。」

「まあそんなに、軽く片づけるなよ。も少し、二人で考えて見よう。これはでも、面白いテーマじゃないか。このテーマに対する答一つで、そのひとの全部がわかるような気がす

＊219 縄目の恥辱　罪人として縄で縛られる恥。
＊220 真人間　立派に社会生活をおくっている人。
＊221 ヤソ坊主　キリスト教の牧師。神父。

るのだ。」

「まさか。……罪のアントは、善さ。善良なる市民。つまり、おれみたいなものさ。」

「冗談は、よそうよ。しかし、善は悪のアントだ。罪のアントではない。」

「悪と罪とは違うのかい？」

「違う、と思う。善悪の概念は人間が作ったものだ。人間が勝手に作った道徳の言葉だ。」

「うるせえなあ。それじゃ、やっぱり、神だろう。神、神。なんでも、神にして置けば間違いない。腹がへったなあ。」

「いま、したでヨシ子がそら豆を煮ている。」

「ありがてえ。好物だ。」

両手を頭のうしろに組んで、仰向《あおむけ》にごろりと寝ました。

「君には、罪というものが、まるで興味ないらしいね。」

「そりゃそうさ。お前のように、罪人では無いんだから。おれは道楽はしても、女を死なせたり、女から金を巻き上げたりなんかはしねえよ。」

死なせたのではない、巻き上げたのではない、と心のどこかで幽かな、けれども必死の抗議の声が起っても、しかし、また、いや自分が悪いのだとすぐに思いかえしてしまうこの習癖。

　自分には、どうしても、正面切っての議論が出来ません。焼酎の陰鬱な酔いのために刻《こく》一刻《いっこく》〔＊222〕、気持が険しくなって来るのを懸命に抑えて、ほとんど独りごとのようにして言いました。

「しかし、牢屋《ろうや》にいれられる事だけが罪じゃないんだ。罪のアントがわかれば、罪の実体もつかめるような気がするんだけど、……神、……救い、……愛、……光、……しかし、神にはサタン〔＊223〕というアントがあるし、救いのアントは苦悩だろうし、愛には憎しみ、光には闇《やみ》というアントがあり、善には悪、罪と祈り、罪と悔《く》い、罪と告白、罪と、……嗚《あ》呼《あ》、みんなシノニムだ、罪の対語は何だ。」

「ツミの対語は、ミツさ。蜜《みつ》の如く甘しだ。腹がへったなあ。何か食うものを持って来い

＊222 刻一刻　次第に時が過ぎていく様。
＊223 サタン　悪魔。

よ。」

「君が持って来たらいいじゃないか！」

ほとんど生れてはじめてと言っていいくらいの、烈《はげ》しい怒りの声が出ました。

「ようし、それじゃ、したへ行って、ヨシちゃんと二人で罪を犯して来よう。議論より実地検分。罪のアントは、蜜豆、いや、そら豆か。」

ほとんど、ろれつの廻らぬくらいに酔っているのでした。

「勝手にしろ。どこかへ行っちまえ！」

「罪と空腹、空腹とそら豆、いや、これはシノニムか。」

出鱈目《でたらめ》を言いながら起き上ります。

罪と罰。ドストイエフスキイ［＊224］。ちらとそれが、頭脳の片隅をかすめて通り、はっと思いました。もしも、あのドスト氏が、罪と罰をシノニムと考えず、アントニムとして置き並べたものとしたら？　罪と罰、絶対に相通ぜざるもの、氷炭相容《ひょうたんあいい》れざる［＊225］もの。罪と罰をアントとして考えたドストの青みどろ［＊226］、腐った池、乱麻《らんま》［＊227］の奥底の、……ああ、わかりかけた、いや、まだ、……などと頭脳に走馬燈《そうまとう》［＊228］がくるくる廻って

いた時に、

「おい！　とんだ、そら豆だ。来い！」

堀木の声も顔色も変っています。堀木は、たったいまふらふら起きてしたへ行った、かと思うとまた引返して来たのです。

「なんだ。」

異様に殺気立ち、ふたり、屋上から二階へ降り、二階から、さらに階下の自分の部屋へ降りる階段の中途で堀木は立ち止り、

＊224ドストイエフスキイ　ロシアの小説家。19世紀後半神の問題を中心に、人間存在を追求した小説を多く残した。『罪と罰』『カラマーゾフの兄弟』などがある。
＊225氷炭相容れざる　氷炭という相容れない性質。まったく違っていて調和しないもの。
＊226青みどろ　淡水藻。もつれあったもの。
＊227乱麻　複雑に絡みあっていること。
＊228走馬燈　回り灯篭。

「見ろ！」

と小声で言って指差します。

自分の部屋の上の小窓があいていて、そこから部屋の中が見えます。電気がついたままで、二匹《ひき》の動物がいました。

自分は、ぐらぐら目まいしながら、これもまた人間の姿だ、これもまた人間の姿だ、おどろく事は無い、など劇《はげ》しい呼吸と共に胸の中で呟《つぶや》き、ヨシ子を助ける事も忘れ、階段に立ちつくしていました。

堀木は、大きい咳《せき》ばらいをしました。自分は、ひとり逃げるようにまた屋上に駈け上り、寝ころび、雨を含んだ夏の夜空を仰《あお》ぎ、そのとき自分を襲った感情は、怒りで

も無く、嫌悪《けんお》でも無く、また、悲しみでも無く、もの凄《すさ》まじい恐怖でした。それも、墓地の幽霊などに対する恐怖ではなく、神社の杉木立《すぎこだち》で白衣のご神体［*229］に逢《あ》った時に感ずるかも知れないような、四の五の言わさぬ古代の荒々しい恐怖感でした。自分の若白髪《しらが》は、その夜からはじまり、いよいよ、すべてに自信を失い、いよいよ、ひとを底知れず疑い、この世の営みに対する一さいの期待、よろこび、共鳴などから永遠にはなれるようになりました。実に、それは自分の生涯において、決定的な事件でした。自分は、まっこうから眉間《みけん》を割られ、そうしてそれ以来その傷は、どんな人間にでも接近するごとに痛むのでした。

「同情はするが、しかし、お前もこれで、少しは思い知ったろう。もう、おれは、二度とここへは来ないよ。まるで、地獄だ。……でも、ヨシちゃんは、ゆるしてやれ。お前だって、どうせ、ろくな奴《やつ》じゃないんだから。失敬するぜ。」

気まずい場所に、永くとどまっているほど間《ま》の抜けた堀木ではありませんでした。

＊229神体　神霊が宿っているとされる神聖な物体。

自分は起き上って、ひとりで焼酎を飲み、それから、おいおい声を放って泣きました。いくらでも、いくらでも泣けるのでした。

いつのまにか、背後に、ヨシ子が、そら豆を山盛りにしたお皿を持ってぼんやり立っていました。

「なんにも、しないからって言って、……」

「いい。何も言うな。お前は、ひとを疑う事を知らなかったんだ。お坐《すわ》り。豆を食べよう。」

並んで坐って豆を食べました。嗚呼《ああ》、信頼は罪なりや？　相手の男は、自分に漫画をかかせては、わずかなお金をもったい振《ぶ》って置いて行く三十歳前後の無学な小男の商人なのでした。

さすがにその商人は、その後やっては来ませんでしたが、自分には、どうしてだか、その商人に対する憎悪よりも、さいしょに見つけたすぐその時に大きい咳《せき》ばらいも何もせず、そのまま自分に知らせにまた屋上に引返して来た堀木に対する憎しみと怒りが、眠られぬ夜などにむらむら起って呻《うめ》きました。

ゆるすも、ゆるさぬもありません。ヨシ子は信頼の天才なのです。ひとを疑う事を知らなかったのです。しかし、それゆえの悲惨。

神に問う。信頼は罪なりや。

ヨシ子が汚されたという事よりも、ヨシ子の信頼が汚されたという事が、自分にとってそののち永く、生きておられないほどの苦悩の種になりました。自分のような、いやらしくおどおどして、ひとの顔いろばかり伺《うかが》い、人を信じる能力が、ひび割れてしまっているものにとって、ヨシ子の無垢［＊230］な信頼心は、それこそ青葉の滝のようにすがすがしく思われていたのです。それが一夜で、黄色い汚水に変ってしまいました。見よ、ヨシ子は、その夜から自分の一顰《いっぴん》一笑［＊231］にさえ気を遣うようになりました。

「おい。」

と呼ぶと、ぴくっとして、もう眼のやり場に困っている様子です。どんなに自分が笑わ

＊230無垢　心身が汚れのないこと。清浄なこと。
＊231一顰一笑　ちょっとした表情の変化。

せようとして、お道化を言っても、おろおろし、びくびくし、やたらに自分に敬語を遣うようになりました。

果して、無垢の信頼心は、罪の原泉なりや。

自分は、人妻の犯された物語の本を、いろいろ捜《さが》して読んでみました。けれども、ヨシ子ほど悲惨な犯され方をしている女は、ひとりも無いと思いました。どだい、これは、てんで物語にも何もなりません。あの小男の商人と、ヨシ子とのあいだに、少しでも恋に似た感情でもあったなら、自分の気持もかえってたすかるかも知れませんが、ただ、夏の一夜、ヨシ子が信頼して、そうして、それっきり、しかもそのために自分の眉間は、まっこうから割られ声が嗄《しゃが》れて若白髪がはじまり、ヨシ子は一生おろおろしなければならなくなったのです。たいていの物語は、その妻の「行為」を夫が許すかどうか、そこに重点を置いていたようでしたが、それは自分にとっては、そんなに苦しい大問題では無いように思われました。許す、許さぬ、そのような権利を留保している夫こそ幸いなる哉《かな》、とても許す事が出来ぬと思ったなら、何もそんなに大騒ぎせずとも、さっさと妻を離縁して、新しい妻を迎えたらどうだろう、それが出来なかったら、いわゆる「許して」我慢《がまん》するさ、いずれにしても夫の気持一つで四方八方［＊232］がまるく収まるだろうに、という気さえするのでした。つまり、そのような事件は、たしかに夫にとって大いなるショックであっても、しかし、それは「ショック」であって、いつまでも尽《つ》きること無く打ち返し打ち寄せる波と違い、権利のある夫の怒りでもってどうにでも処理できるトラブルのように自分には思われたのでした。けれども、自分たちの場合、夫に何の権利も無く、考えると何もかも自分がわるいような気がして来て、怒るどころか、おこごと一つも言えず、また、その妻は、その所有している稀《まれ》な美質によって犯されたのです。しかも、その美質［＊233］は、夫のかねてあこがれの、無垢の信頼心というたまらなく可憐《かれん》［＊234］なものなのでした。

無垢の信頼心は、罪なりや。

唯一《ゆいいつ》のたのみの美質にさえ、疑惑を抱き、自分は、もはや何もかも、わけがわからなく

＊232 四方八方　あらゆる方面。
＊233 美質　生来の優れた性質や姿形。
＊234 可憐　かわいらしく、いじらしい様。

なり、おもむくところは、ただアルコールだけになりました。自分の顔の表情は極度にいやしくなり、朝から焼酎《しょうちゅう》を飲み、歯がぼろぼろに欠けて、漫画もほとんど猥画《わいが》［＊235］に近いものを画くようになりました。いいえ、はっきり言います。自分はその頃から、春画のコピイをして密売しました。焼酎を買うお金がほしかったのです。いつも自分から視線をはずしておろおろしているヨシ子を見ると、こいつは全く警戒を知らぬ女だったから、あの商人といちどだけではなかったのではなかろうか、また、堀木は？　いや、あるいは自分の知らない人とも？　と疑惑は疑惑を生み、さりとて思い切ってそれを問い正す勇気も無く、れいの不安と恐怖にのたうち廻る思いで、ただ焼酎を飲んで酔っては、わずかに卑屈な誘導訊問《じんもん》みたいなものをおっかなびっくり試み、内心おろかしく一喜一憂《いっきいちゆう》［＊236］し、うわべは、やたらにお道化て、そうして、それから、ヨシ子にいまわしい地獄の愛撫《あいぶ》［＊237］を加え、泥のように眠りこけるのでした。

その年の暮、自分は夜おそく泥酔《でいすい》して帰宅し、砂糖水を飲みたく、ヨシ子は眠っているようでしたから、自分でお勝手に行き砂糖壺《つぼ》を捜し出し、ふたを開けてみたら砂糖は何もはいってなくて、黒く細長い紙の小箱がはいっていました。何気なく手に取り、その箱にはられてあるレッテルを見て愕然《がくぜん》としました。そのレッテル［＊238］は、爪《つめ》で半分以上も掻《か》きはがされていましたが、洋字の部分が残っていて、それにははっきり書かれていました。DIAL。

ジアール［＊239］。自分はその頃もっぱら焼酎で、催眠剤《さいみんざい》［＊240］を用いてはいませんでしたが、しかし、不眠は自分の持病のようなものでしたから、たいていの催眠剤にはお馴染《なじ》みでした。ジアールのこの箱一つは、たしかに致死量《ちしりょう》以上のはずでした。まだ箱の封《ふう》を切ってはいませんでしたが、しかし、いつかは、やる気でこんなところに、しかもレッテルを掻きはがしたりなどして隠していたのに違いありません。可哀想《かわいそう》に、あの子にはレッ

＊235 猥画　みだらな絵。
＊236 一喜一憂　状況の変化に喜んだり心配したりする様。
＊237 愛撫　いとしくなでまわすこと。
＊238 レッテル　ラベル。
＊239 ジアール　バルビツール酸系の睡眠薬。
＊240 催眠剤　眠る助けとなる薬。睡眠剤。

テルの洋字が読めないので、爪で半分掻きはがして、これで大丈夫と思っていたのでしょう。（お前に罪は無い。）

自分は、音を立てないようにそっとコップに水を満たし、それから、ゆっくり箱の封を切って、全部、一気に口の中にほうり、コップの水を落ちついて飲みほし、電燈《でんとう》を消してそのまま寝ました。

三昼夜、自分は死んだようになっていたそうです。医者は過失と見なして、警察にとどけるのを猶予《ゆうよ》してくれたそうです。覚醒《かくせい》［＊241］しかけて、一ばんさきに呟《つぶや》いたうわごとは、うちへ帰る、という言葉だったそうです。うちとは、どこの事を指して言ったのか、当の自分にも、よくわかりませんが、とにかく、そう言って、ひどく泣いたそうです。

次第に霧《きり》がはれて、見ると、枕元《まくらもと》にヒラメが、ひどく不機嫌な顔をして坐っていました。

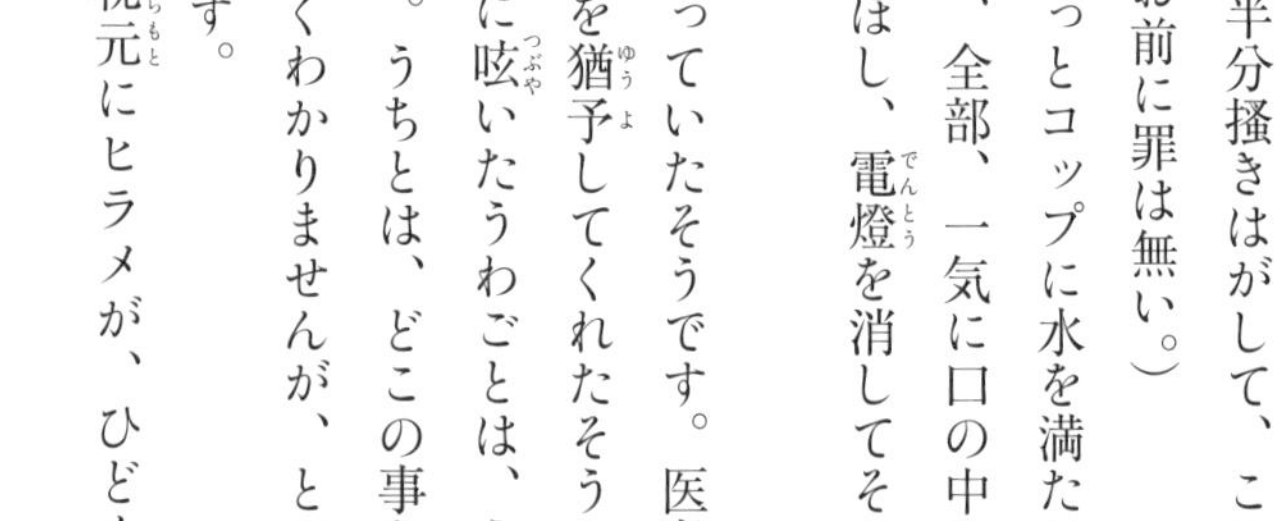

「このまえも、年の暮の事でしてね、お互いもう、目が廻るくらいいそがしいのに、いつも、年の暮をねらって、こんな事をやられたひには、こっちの命がたまらない。」

ヒラメの話の聞き手になっているのは、京橋のバアのマダムでした。

「マダム。」

と自分は呼びました。

「うん、何？　気がついた？」

マダムは笑い顔を自分の顔の上にかぶせるようにして言いました。

自分は、ぽろぽろ涙を流し、

「ヨシ子とわかれさせて。」

自分でも思いがけなかった言葉が出ました。

マダムは身を起し、幽かな溜息《ためいき》をもらしました。

それから自分は、これもまた実に思いがけない滑稽《こっけい》とも阿呆《あほう》らしいとも、形容に苦しむ

＊241覚醒　目を覚ますこと。

ほどの失言［＊242］をしました。

「僕は、女のいないところに行くんだ。」

うわっはっは、とまず、ヒラメが大声を挙げて笑い、マダムもクスクス笑い出し、自分も涙を流しながら赤面の態《てい》になり、苦笑しました。

「うん、そのほうがいい。」

とヒラメは、いつまでもだらし無く笑いながら、

「女のいないところに行ったほうがよい。女がいると、どうもいけない。女のいないところとはいい思いつきです。」

女のいないところ。しかし、この自分の阿呆くさいうわごとは、のちに到って、非常に陰惨に実現せられました。

ヨシ子は、何か、自分がヨシ子の身代りになって毒を飲んだとでも思い込んでいるらしく、以前よりもなおいっそう、自分に対して、おろおろして、自分が何を言っても笑わず、そうしてろくに口もきけないような有様なので、自分もアパートの部屋の中にいるのが、うっとうしく、つい外へ出て、相変らず安い酒をあおる事になるのでした。しかし、あの

ジアールの一件以来、自分のからだがめっきり痩《や》せ細って、手足がだるく、漫画の仕事も怠《なま》けがちになり、ヒラメがあの時、見舞いとして置いて行ったお金（ヒラメはそれを、渋田の志です、と言っていかにもご自身から出たお金のようにして差し出しましたが、これも故郷の兄たちからのお金のようでした。自分もその頃には、ヒラメの家から逃げ出したあの時とちがって、ヒラメのそんなもったい振った芝居を、おぼろげながら見抜く事が出来るようになっていましたので、こちらもずるく、全く気づかぬ振りをして、神妙にそのお金のお礼をヒラメに向って申し上げたのでしたが、しかし、ヒラメたちが、なぜ、そんなややこしいカラクリをやらかすのか、わかるような、わからないような、どうしても自分には、へんな気がしてなりませんでした）そのお金で、思い切ってひとりで南伊豆《いず》の温泉に行ってみたりなどしましたが、とてもそんな悠長《ゆうちょう》［＊243］な温泉めぐりなど出来る柄《がら》ではなく、ヨシ子を思えば侘《わ》びしさ限りなく、宿の部屋から山を眺めるなどの落ちついた心

＊242失言　うっかり不都合なことや間違ったことを言ってしまうこと。
＊243悠長　のんびり落ち着いた様。

それは
自分の最初の喀血《かっけつ》でした

境には甚《はなは》だ遠く、ドテラ［＊244］にも着換えず、お湯にもはいらず、外へ飛び出しては薄汚い茶店みたいなところに飛び込んで、焼酎を、それこそ浴びるほど飲んで、からだ具合いを一そう悪くして帰京しただけの事でした。

東京に大雪の降った夜でした。自分は酔って銀座裏を、ここはお国を何百里、ここはお国を何百里、と小声で繰り返し繰り返し呟くように歌いながら、なおも降りつもる雪を靴《くつ》先で蹴《け》散《ち》らして歩いて、突然、吐《は》きました。それは自分の最初の喀血《かっけつ》［＊245］でした。雪の上に、大きい日の丸の旗が出来ました。自分は、しばらくしゃがんで、それから、よごれていない個所の雪を両手で掬《すく》い取って、顔を洗いながら泣きました。

こうこは、どうこの細道じゃ？

こうこは、どうこの細道じゃ？

哀れな童女の歌声が、幻聴《げんちょう》のように、かすかに遠くから聞えます。不幸。この世には、

＊244 ドテラ　綿を入れた着物。

＊245 喀血　肺や気管支などから出血し、血を口から吐くこと。

さまざまの不幸な人が、いや、不幸な人ばかり、と言っても過言ではないでしょうが、しかし、その人たちの不幸は、いわゆる世間に対して堂々と抗議が出来、また「世間」もその人たちの抗議を容易に理解し同情します。しかし、自分の不幸は、すべて自分の罪悪からなので、誰にも抗議の仕様が無いし、また口ごもりながら一言でも抗議めいた事を言いかけると、ヒラメならずとも世間の人たち全部、よくもまあそんな口がきけたものだと呆《あき》れかえるに違いないし、自分はいったい俗にいう「わがままもの」なのか、またはその反対に、気が弱すぎるのか、自分でもわけがわからないけれども、とにかく罪悪のかたまりらしいので、どこまでも自《おのずか》らどんどん不幸になるばかりで、防ぎ止める具体策など無いのです。

自分は立って、取り敢《あ》えず何か適当な薬をと思い、近くの薬屋にはいって、そこの奥さんと顔を見合せ、瞬間、奥さんは、フラッシュを浴びたみたいに首をあげ眼を見はり、棒立ちになりました。しかし、その見はった眼には、驚愕《きょうがく》の色も嫌悪《けんお》の色も無く、ほとんど救いを求めるような、慕《した》うような色があらわれているのでした。ああ、このひとも、きっと不幸な人なのだ、不幸な人は、ひとの不幸にも敏感《びんかん》なものなのだから、と思った時、ふと、その奥さんが松葉杖《まつばづえ》をついて危かしく立っているのに気がつきました。駈《か》け寄りたい思いを抑えて、なおもその奥さんと顔を見合せているうちに涙が出て来ました。すると、奥さんの大きい眼からも、涙がぽろぽろとあふれて出ました。

それっきり、一言も口をきかずに、自分はその薬屋から出て、よろめいてアパートに帰り、ヨシ子に塩水を作らせて飲み、黙って寝て、翌《あく》る日も、風邪《かぜ》気味だと嘘《うそ》をついて一日一ぱい寝て、夜、自分の秘密の喀血がどうにも不安でたまらず、起きて、あの薬屋に行き、こんどは笑いながら、奥さんに、実に素直に今までのからだ具合いを告白し、相談しました。

「お酒をおよしにならなければ。」

自分たちは、肉親のようでした。

「アル中になっているかも知れないんです。いまでも飲みたい。」

「いけません。私の主人も、テーベのくせに、菌《きん》を酒で殺すんだなんて言って、酒びたりになって、自分から寿命をちぢめました。」

「不安でいけないんです。こわくて、とても、だめなんです。」

「お薬を差し上げます。お酒だけは、およしなさい。」

奥さん（未亡人で、男の子がひとり、それは千葉だかどこだかの医大にはいって、間もなく父と同じ病いにかかり、休学入院中で、家には中風の舅《しゅうと》が寝ていて、奥さん自身は五歳の折、小児麻痺《しょうにまひ》で片方の脚が全然だめなのでした）は、松葉杖をコトコトと突きながら、自分のためにあっちの棚《たな》、こっちの引出し、いろいろと薬品を取りそろえてくれるのでした。


これは、造血剤。

これは、ヴィタミンの注射液。注射器は、これ。

これは、カルシウムの錠剤《じょうざい》。胃腸をこわさないように、ジアスターゼ。

これは、何。これは、何、と五、六種の薬品の説明を愛情をこめてしてくれたのですが、しかし、この不幸な奥さんの愛情もまた、自分にとって深すぎました。最後に奥さんが、これは、どうしても、なんとしてもお酒を飲みたくて、たまらなくなった時のお薬、と言って素早く紙に包んだ小箱。

モルヒネ［＊246］の注射液でした。

酒よりは、害にならぬと奥さんも言い、自分もそれを信じて、また一つには、酒の酔いもさすがに不潔に感ぜられて来た矢先でもあったし、久し振りにアルコールというサタンからのがれる事の出来る喜びもあり、何の躊躇《ちゅうちょ》も無く、自分は自分の腕に、そのモルヒネを注射しました。不安も、焦燥《しょうそう》も、はにかみも、綺麗《きれい》に除去せられ、自分は甚《はなは》だ陽気な能弁家になるのでした。そうして、その注射をすると自分は、からだの衰弱《すいじゃく》［＊247］も忘れて、漫画の仕事に精が出て、自分で画きながら噴き出してしまうほど珍妙《ちんみょう》［＊248］な趣向が生れるのでした。

一日一本のつもりが、二本になり、四本になった頃には、自分はもうそれが無ければ、仕事が出来ないようになっていました。

「いけませんよ、中毒になったら、そりゃもう、たいへんです」

＊246モルヒネ　麻薬の一種。鎮痛剤。
＊247衰弱　衰え弱くなること。
＊248珍妙　珍しくすばらしいこと。

薬屋の奥さんにそう言われると、自分はもうかなりの中毒患者になってしまったような気がして来て、（自分は、ひとの暗示に実にもろくひっかかるたちなのです。このお金は使っちゃいけないよ、と言っても、お前の事だものなあ、なんて言われると、何だか使わないと悪いような、期待にそむくような、へんな錯覚が起って、必ずすぐにそのお金を使ってしまうのでした）その中毒の不安のため、かえって薬品をたくさん求めるようになったのでした。

「たのむ！　もう一箱。勘定は月末にきっと払いますから。」

「勘定なんて、いつでもかまいませんけど、警察のほうが、うるさいのでねえ。」

ああ、いつでも自分の周囲には、何やら、濁《にご》って暗く、うさん臭い日蔭者《ひかげもの》の気配がつきまとうのです。

「そこを何とか、ごまかして、たのむよ、奥さん。キスしてあげよう。」

奥さんは、顔を赤らめます。

自分は、いよいよつけ込み、

「薬が無いと仕事がちっとも、はかどらないんだよ。僕には、あれは強精剤〔＊249〕みたいなものなんだ」

「それじゃ、いっそ、ホルモン注射がいいでしょう。」

「ばかにしちゃいけません。お酒か、そうでなければ、あの薬か、どっちかで無ければ仕事が出来ないんだ。」

「お酒は、いけません。」

「そうでしょう？　僕はね、あの薬を使うようになってから、お酒は一滴も飲まなかった。おかげで、からだの調子が、とてもいいんだ。僕だって、いつまでも、下手くそな漫画などをかいているつもりは無い、これから、酒をやめて、からだを直して、勉強して、きっと偉い絵画きになって見せる。いまが大事なところなんだ。だからさ、ね、おねがい。キスしてあげようか。」

奥さんは笑い出し、

「困るわねえ。中毒になっても知りませんよ。」

＊249強精剤　精力を増強する薬。

コトコトと松葉杖の音をさせて、その薬品を棚から取り出し、

「一箱は、あげられませんよ。すぐ使ってしまうのだもの。半分ね。」

「ケチだなあ、まあ、仕方が無いや。」

家へ帰って、すぐに一本、注射をします。

「痛くないんですか？」

ヨシ子は、おどおど自分にたずねます。

「それあ痛いさ。でも、仕事の能率をあげるためには、いやでもこれをやらなければいけないんだ。僕はこの頃、とても元気だろう？　さあ、仕事だ。仕事、仕事。」

とはしゃぐのです。

深夜、薬屋の戸をたたいた事もありました。寝巻姿で、コトコト松葉杖をついて出て来た奥さんに、いきなり抱きついてキスして、泣く真似《まね》をしました。

奥さんは、黙って自分に一箱、手渡しました。

薬品もまた、焼酎《しょうちゅう》同様、いや、それ以上に、いまわしく不潔なものだと、つくづく思い知った時には、すでに自分は完全な中毒患者になっていました。真に、恥知らずの極《きわみ》でした。自分はその薬品を得たいばかりに、またも春画［*250］のコピイをはじめ、そうして、あの薬屋の不具の奥さんと文字どおりの醜関係をさえ結びました。

死にたい、いっそ、死にたい、もう取返しがつかないんだ、どんな事をしても、何をしても、駄目になるだけなんだ、恥の上塗りをするだけなんだ、自転車で青葉の滝など、自分には望むべくも無いんだ、ただけがらわしい罪にあさましい罪が重なり、苦悩が増大し強烈になるだけなんだ、死にたい、死ななければならぬ、生きているのが罪の種なのだ、などと思いつめても、やっぱり、アパートと薬屋の間を半狂乱の姿で往復しているばかりなのでした。

いくら仕事をしても、薬の使用量もしたがってふえているので、薬代の借りがおそろし

＊250春画　男女の情交の様を描いた絵。

いほどの額にのぼり、奥さんは、自分の顔を見ると涙を浮べ、自分も涙を流しました。

地獄。

この地獄からのがれるための最後の手段、これが失敗したら、あとはもう首をくくるばかりだ、という神の存在を賭《か》けるほどの決意をもって、自分は、故郷の父あてに長い手紙を書いて、自分の実情一さいを（女の事は、さすがに書けませんでしたが）告白する事にしました。

しかし、結果は一そう悪く、待てど暮せど何の返事も無く、自分はその焦躁と不安のために、かえって薬の量をふやしてしまいました。

今夜、十本、一気に注射し、そうして大川に飛び込もうと、ひそかに覚悟を極《き》めたその日の午後、ヒラメが、悪魔の勘《かん》で嗅《か》ぎつけたみたいに、堀木を連れてあらわれました。

「お前は、喀血したんだってな。」

堀木は、自分の前にあぐらをかいてそう言い、いままで見た事も無いくらいに優しく微笑《ほほえ》みました。その優しい微笑が、ありがたくて、うれしくて、自分はつい顔をそむけて涙を流しました。そうして彼のその優しい微笑一つで、自分は完全に打ち破られ、葬《ほうむ》り去られてしまったのです。

自分は自動車に乗せられました。とにかく入院しなければならぬ、あとは自分たちにまかせなさい、とヒラメも、しんみりした口調で、（それは慈悲《じひ》深いとでも形容したいほど、もの静かな口調でした）自分にすすめ、自分は意志も判断も何も無い者の如《ごと》く、ただメソメソ泣きながら唯々《いい》諾々《だくだく》［＊251］と二人の言いつけに従うのでした。ヨシ子もいれて四人、自分たちは、ずいぶん永いこと自動車にゆられ、あたりが薄暗くなった頃、森の中の大きい病院の、玄関に到着しました。

サナトリアム［＊252］とばかり思っていました。

自分は若い医師のいやに物やわらかな、鄭重《ていちょう》［＊253］な診察を受け、それから医師は、

＊251唯々諾々　何ごとにも言いなりに従うこと。
＊252サナトリウム　療養所。

「まあ、しばらくここで静養するんですね。」

と、まるで、はにかむように微笑して言い、ヒラメと堀木とヨシ子は、自分ひとりを置いて帰ることになりましたが、ヨシ子は着換の衣類をいれてある風呂敷《ふろしき》包みを自分に手渡し、それから黙って帯の間から注射器と使い残りのあの薬品を差し出しました。やはり、強精剤だとばかり思っていたのでしょうか。

「いや、もう要らない。」

実に、珍しい事でした。すすめられて、それを拒否したのは、自分のそれまでの生涯において、その時ただ一度、といっても過言でないくらいなのです。自分の不幸は、拒否の能力の無い者の不幸でした。すすめられて拒否すると、相手の心にも自分の心にも、永遠に修繕《しゅうぜん》し得ない白々しいひび割れが出来るような恐怖におびやかされているのでした。けれども、自分はその時、あれほど半狂乱になって求めていたモルヒネを、実に自然に拒否しました。ヨシ子の謂《い》わば「神の如き無智《むち》」に撃たれたのでしょうか。自分は、あの瞬間、すでに中毒でなくなっていたのではないでしょうか。

けれども、自分はそれからすぐに、あのはにかむような微笑をする若い医師に案内せられ、ある病棟にいれられて、ガチャンと鍵《かぎ》をおろされました。脳病院［＊254］でした。

女のいないところへ行くという、あのジアールを飲んだ時の自分の愚《おろ》かなうわごとが、まことに奇妙に実現せられたわけでした。その病棟には、男の狂人ばかりで、看護人も男でしたし、女はひとりもいませんでした。

いまはもう自分は、罪人どころではなく、狂人でした。いいえ、断じて自分は狂ってなどいなかったのです。一瞬間といえども、狂った事は無いんです。けれども、ああ、狂人は、たいてい自分の事をそう言うものだそうです。つまり、この病院にいれられた者は気違い、いれられなかった者は、ノーマルという事になるようです。

神に問う。無抵抗は罪なりや？

堀木のあの不思議な美しい微笑に自分は泣き、判断も抵抗も忘れて自動車に乗り、そうしてここに連れて来られて、狂人という事になりました。いまに、ここから出ても、自分

＊253 鄭重　礼儀正しく手厚い様。
＊254 脳病院　精神病院の俗称。

人間失格

はやっぱり狂人、いや、癈人《はいじん》という刻印を額に打たれる事でしょう。

人間、失格。

もはや、自分は、完全に、人間で無くなりました。

ここへ来たのは初夏の頃で、鉄の格子《こうし》の窓から病院の庭の小さい池に紅《あか》い睡蓮《すいれん》の花が咲いているのが見えましたが、それから三つき経《た》ち、庭にコスモスが咲きはじめ、思いがけなく故郷の長兄が、ヒラメを連れて自分を引取りにやって来て、父が先月末に胃潰瘍《いかいよう》でなくなったこと、自分たちはもうお前の過去は問わぬ、生活の心配もかけないつもり、何もしなくていい、その代り、いろいろ未練もあるだろうがすぐに東京から離れて、田舎で療養《りょうよう》生活をはじめてくれ、お前が東京でしでかした事の後始末は、だいたい渋田がやってくれたはずだから、それは気にしないでいい、とれいの生真面目《きまじめ》な緊張したような口調で言うのでした。

故郷の山河が眼前に見えるような気がして来て、自分は幽《かす》かにうなずきました。

まさに癈人。

父が死んだ事を知ってから、自分はいよいよ腑抜《ふぬ》けたようになりました。父が、もういない、自分の胸中から一刻も離れなかったあの懐《なつ》かしくおそろしい存在が、もういない、自分の苦悩の壺《つぼ》がからっぽになったような気がしました。自分の苦悩の壺がやけに重かったのも、あの父のせいだったのではなかろうかとさえ思われました。まるで、張合いが抜けました。苦悩する能力をさえ失いました。

長兄は自分に対する約束を正確に実行してくれました。自分の生れて育った町から汽車で四、五時間、南下したところに、東北には珍しいほど暖かい海辺の温泉地があって、その村はずれの、間数は五つもあるのですが、かなり古い家らしく壁は剝《は》げ落ち、柱は虫に食われ、ほとんど修理の仕様も無いほどの茅屋《ぼうおく》［＊255］を買いとって自分に与え、六十に近いひどい赤毛の醜い女中をひとり附けてくれました。

それから三年と少し経ち、自分はその間にそのテツという老女中に数度へんな犯され方をして、時たま夫婦喧嘩《げんか》みたいな事をはじめ、胸の病気のほうは一進一退、痩《や》せたりふとったり、血痰《けったん》が出たり、きのう、テツにカルモチンを買っておいで、と言って、村の薬屋にお使いにやったら、いつもの箱と違う形の箱のカルモチンを買って来て、べつに自分も気にとめず、寝る前に十錠のんでも一向に眠くならないので、おかしいなと思っているうちに、おなかの具合いがへんになり急いで便所へ行ったら猛烈な下痢《げり》で、しかも、それから引き続き三度も便所にかよったのでした。不審に堪《た》えず、薬の箱をよく見ると、それはヘノモチンという下剤でした。

自分は仰向けに寝て、おなかに湯たんぽを載せながら、テツにこごとを言ってやろうと思いました。

「これは、お前、カルモチンじゃない。ヘノモチン、という、」

と言いかけて、うふふふと笑ってしまいました。「癈人」は、どうやらこれは、喜劇名詞のようです。眠ろうとして下剤を飲み、しかも、その下剤の名前は、ヘノモチン。

いまは自分には、幸福も不幸もありません。

ただ、一さいは過ぎて行きます。

自分がいままで阿鼻叫喚《あびきょうかん》［＊256］で生きて来たいわゆる「人間」の世界において、たっ

＊255 茅屋　みすぼらしい家。
＊256 阿鼻叫喚　地獄に落ちた者のように泣き叫ぶ様子。

た一つ、真理らしく思われたのは、それだけでした。

ただ、一さいは過ぎて行きます。

自分はことし、二十七になります。白髪がめっきりふえたので、たいていの人から、四十以上に見られます。

あとがき

この手記を書き綴《つづ》った狂人を、私は、直接には知らない。けれども、この手記に出て来る京橋のスタンド・バアのマダムともおぼしき人物を、私はちょっと知っているのである。小柄《こがら》で、顔色のよくない、眼が細く吊《つ》り上っていて、鼻の高い、美人というよりは、美青年といったほうがいいくらいの固い感じのひとであった。この手記には、どうやら、昭和五、六、七年、あの頃の東京の風景がおもに写されているように思われるが、私が、その京橋のスタンド・バアに、友人に連れられて二、三度、立ち寄り、ハイボールなど飲んだのは、れいの日本の「軍部」がそろそろ露骨《ろこつ》にあばれはじめた昭和十年前後の事であったから、この手記を書いた男には、おめにかかる事が出来なかったわけである。

然《しか》るに、ことしの二月、私は千葉県船橋市に疎開《そかい》している或る友人をたずねた。その友人は、私の大学時代の謂《い》わば学友で、いまは某《ぼう》女子大の講師をしているのであるが、実は私はこの友人に私の身内の者の縁談を依頼していたので、その用事もあり、かたがた何か新鮮な海産物でも仕入れて私の家の者たちに食わせてやろうと思い、リュックサックを背負って船橋市へ出かけて行ったのである。

船橋市は、泥海《どろうみ》に臨《のぞ》んだかなり大きいまちであった。新住民たるその友人の家は、その土地の人に所番地を告げてたずねても、なかなかわからないのである。寒い上に、リュックサックを背負った肩が痛くなり、私はレコードの提琴《ていきん》〔＊257〕の音にひかれて、ある喫茶店のドアを押した。

そこのマダムに見覚えがあり、たずねてみたら、まさに、十年前のあの京橋の小さいバアのマダムであった。マダムも、私をすぐに思い出してくれた様子で、互いに大袈裟《おおげさ》に驚き、笑い、それからこんな時のおきまりの、れいの、空襲《くうしゅう》で焼け出されたお互いの経験を問われもせぬのに、いかにも自慢らしく語り合い、

「あなたは、しかし、かわらない。」

「いいえ、もうお婆《ばあ》さん。からだが、がたぴしです。あなたこそ、お若いわ。」

「とんでもない。子供がもう三人もあるんだよ。きょうはそいつらのために買出し。」

＊257提琴　バイオリン。

などと、これもまた久し振りで逢《あ》った者同士のおきまりの挨拶《あいさつ》を交し、それから、二人に共通の知人のその後の消息をたずね合ったりして、そのうちに、ふとマダムは口調を改め、あなたは葉ちゃんを知っていたかしら、と言う。それは知らない、と答えると、マダムは、奥へ行って、三冊のノートブックと、三葉の写真を持って来て私に手渡し、

「何か、小説の材料になるかも知れませんわ。」

と言った。

私は、ひとから押しつけられた材料でものを書けないたちなので、すぐにその場でかえそうかと思ったが、（三葉の写真、その奇怪さについては、はしがきにも書いて置いた）その写真に心をひかれ、とにかくノートをあずかる事にして、帰りにはまたここへ立ち寄りますが、何町何番地の何さん、女子大の先生をしているひとの家をご存じないか、と尋《たず》ねると、やはり新住民同士、知っていた。時たま、この喫茶店にもお見えになるという。すぐ近所であった。

その夜、友人とわずかなお酒を汲《く》み交し、泊めてもらう事にして、私は朝まで一睡もせずに、れいのノートに読みふけった。

その手記に書かれてあるのは、昔の話ではあったが、しかし、現代の人たちが読んでも、かなりの興味を持つに違いない。下手に私の筆を加えるよりは、これはこのまま、どこかの雑誌社にたのんで発表してもらったほうが、なお、有意義な事のように思われた。

子供たちへの土産《みやげ》の海産物は、干物《ひもの》だけ。私は、リュックサックを背負って友人の許《もと》を辞し、れいの喫茶店に立ち寄り、

「きのうは、どうも。ところで、……」

とすぐに切り出し、

「このノートは、しばらく貸していただけませんか。」

「ええ、どうぞ。」

「このひとは、まだ生きているのですか？」

「さあ、それが、さっぱりわからないんです。十年ほど前に、京橋のお店あてに、そのノートと写真の小包が送られて来て、差出し人は葉ちゃんにきまっているのですが、その小包には、葉ちゃんの住所も、名前さえも書いていなかったんです。空襲の時、ほかのものにまぎれて、これも不思議にたすかって、私はこないだはじめて、全部読んでみて、

……」

「泣きましたか?」

「いいえ、泣くというより、……だめね、人間も、ああなっては、もう駄目ね。」

「それから十年、とすると、もう亡《な》くなっているかも知れないね。これは、あなたへのお礼のつもりで送ってよこしたのでしょう。多少、誇張《こちょう》して書いているようなところもあるけど、しかし、あなたも、相当ひどい被害をこうむったようですね。もし、これが全部事実だったら、そうして僕がこのひとの友人だったら、やっぱり脳病院に連れて行きたくなったかも知れない。」

「あのひとのお父さんが悪いのですよ。」

何気なさそうに、そう言った。

「私たちの知っている葉ちゃんは、とても素直で、よく気がきいて、あれでお酒さえ飲まなければ、いいえ、飲んでも、……神様みたいないい子でした。」

(本文中、引用の「ルバイヤット」の詩句は、故堀井梁歩《ほりいりょうほ》の訳によるものである。)

…神様みたいないい子でした

本書は1948年に刊行された太宰治の『人間失格』を現代仮名遣いに修正したものです。

太宰 治

(1909年 －1948年)

［だざい おさむ］1909年、青森県津軽の大地主の家に生まれる。父親は貴族院議員。東京帝国大学に入学し、井伏鱒二に師事する。左翼活動からの離脱後、自殺未遂や薬物依存などを繰り返すものの、『走れメロス』『津軽』『お伽草紙』『斜陽』などの作品を残す。1948年に『人間失格』を書き上げたあと、玉川上水で入水自殺。

小説
人間失格

二〇二一年六月八日 第一刷発行
二〇二四年一月一六日 第二刷発行

原作 太宰 治
挿画 森 禀
協力 佐藤 智
装幀 アルビレオ
発行者 山本周嗣
発行所 株式会社 文響社
〒一〇五－〇〇〇〇 東京都港区虎ノ門二－二－五 共同通信会館九階
ホームページ http://bunkyosha.com
お問い合わせ info@bunkyosha.com

印刷・製本 中央精版印刷株式会社

定価はカバーに表示してあります。
ISBNコード 978-4-86651-386-7 Printed in Japan
この本に関するご意見・ご感想をお寄せいただく場合は、郵送またはメール(info@bunkyosha.com)にてお送りください。